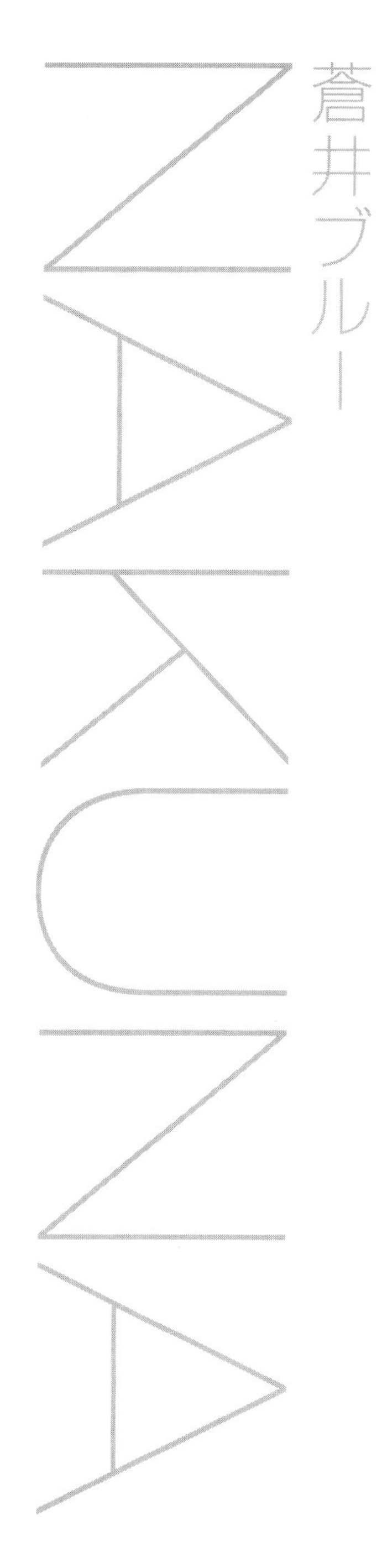

蒼井ブルー

KADOKAWA

はじめに

二〇一五年三月に刊行した『僕の隣で勝手に幸せになってください』から十一ヶ月。こうしてまた皆さんのもとへ本を届けることができるだなんて感激です。どのくらい感激かというと、「ずっと好きだった人に勇気を出して思いを告げたら『あたしもずっと好きだったからうれしい。これからもずっと好きでいてもらえるように頑張るからよろしくお願いします（目に涙を溜めて）』とか言われるくらい」感激です。

『僕の隣で勝手に幸せになってください』の中でも触れましたが、作家でもなかった僕が本を出せるだなんて一生に一度あるかないかのことで、また機会をいただいて涙が出る思いです。男が泣いてもいいのは人生で三度しかないと聞きます。一度目は生まれたとき、二度目は親が死んだとき、三度目はまた本が出せたとき。ありがとうございます（泣いてる）。

この本は、僕のTwitterから抜粋したツイートに大幅な書き下ろしとエッセイ、写真を加え、それらを5章構成でまとめた内容となっています。せっかくの構成ですので、初回は最初から最後までを順に読んでいただきたいと願うわけなのですが、どこを開き、どこから読んでも楽しめるようにと工夫を重ねましたので、以降はそれぞれの読み方でお付き合いくだされば と思います。なお、書き下ろしにはＴｗｉｔｔｅｒの特性である１４０文字制限を超えた長めのものも多数収録しています。ぜひご覧ください。

タイトルの『ＮＡＫＵＮＡ』はすなわち「泣くな」です。これは制作が始まる初期の段階から決めていたもので、この本が手に取ってくださった皆さんの支えとなれるようにという思いを込めたのですが、実際は自分自身へ向けた叱咤激励だったのかもしれません。日々、自分の弱さに嫌気が差します。かと言って強さが正義なのかどうかはわかりませんが、まずは涙を拭きませんか、顔を上げませんか。自分を信じてやれないとき、愛してやれないとき、この本を自分へ贈ってみてください。泣くな。

二〇一六年二月

蒼井ブルー

INDEX

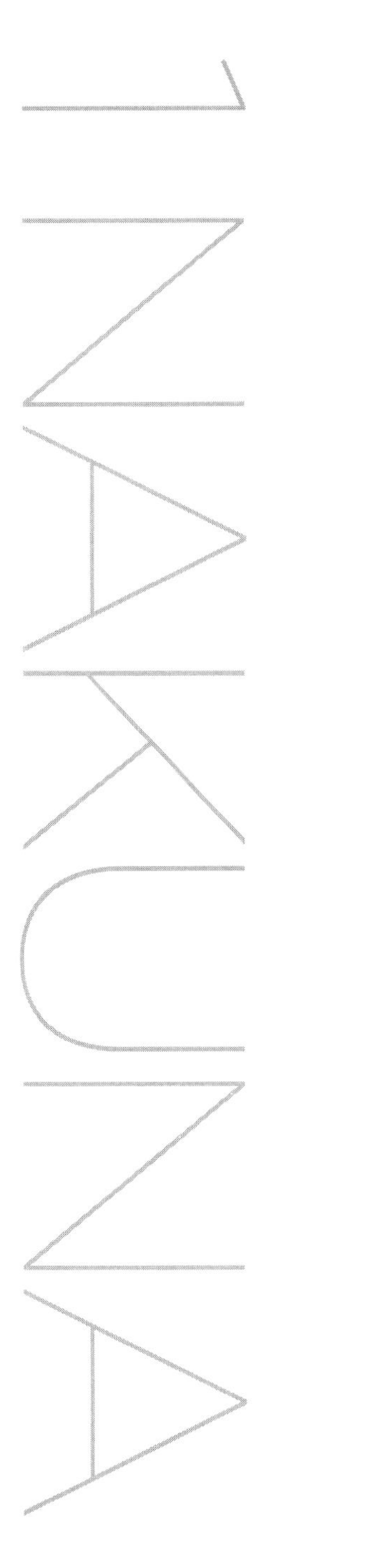

誰かを喜ばせようと一生懸命になっている人にこの世の全ての幸せが降り注いでほしい。

悩み、人に話しただけで解決することがあってびっくりする。「なんでも言ってね」と言われるだけでまだ言ってないのに解決することもある。びっくりする。

いつも明るい人が珍しく暗い話をしたあと「ごめんね暗い話で（笑顔）」と明るく振舞って見せてきました。抱きしめます。

「思ったことがあったらなんでも言ってね」と言ってくれた人に「やさしいって思いました」と言ったら「そういうの以外で」と照れた顔をしたので「かわいいって思いました」とも言ったらもっと照れた顔をして去って行ったのでいい人だなあって思いました。ありがとねって思いました。

少しやさしくされただけでもすぐ元気になるから
単純でよかった。

何するわけでもないけどなんとなく一緒にいるみたいな励まし方したい。

楽しみがあると頑張れる
わかりやすい体質で本当によかった。

今日聞いた台詞で一番かわいかったのは
泣き止んでからの「大丈夫です、梅雨明けしました」です。

残業していたら職場のえらい人（薄毛）がみんなの分のハーゲンダッツを買ってきてくれたのだけど、「おいハーゲンダッツ買ってきてやったぞ、ハゲだけに」と自虐をかましてきて、ああ、僕はこの人のためにももっと頑張ろうと思った。

古い友人と話をしているときが一番楽しいし落ち着く。

なんだかんだ言ってもともに過ごしてきた時間は信用できるなあと思う。

友だちが頑張ってる情報めっちゃ励みになるので友だちの皆さんはどんどんお願いします。

周りの人たちの頑張っている話を聞いて
励みになったけど、
頑張れていない話を聞くのも
別に悪くなかったので、
とにかくまた話そうよと思いました。

親しい人に対して「いい報告ができないからまだ会えない」的な気持ちになることがあるけど、
「いい報告ができないからまだ会えないって思ってた」という報告でも全然いい気がしてきた。

会いたい人に
「そろそろ声聴きたいです」と送信したら
「カラオケ行きたいの？」と返ってきた。
そうじゃない。

ふと友人の話が出て猛烈に会いたくなったので君はやっぱり僕の友人です。「ずっと好きだよ」とかも言ったりします、お酒の力も借りたりします。

お互いを褒め合う会みたいなのあったら参加したい。また頑張っていけそう。

**ものごとをコツコツと積み重ねていく作業って
やたらと疲れてなかなか続かないので「お、昨日より進んだね」とか
「最近すごいじゃん」とか「今日はもうそのくらいでいいんじゃない？」
みたいに言ってくれる人が必要。**

たまには自分以外からもご褒美をもらいたい。

若い女子たちの間で妙なおじ様ブームがあることは聞いていたのだけど、スタバで会計の際に財布が見つからずオロオロしていたら後ろにいた紳士が「お兄さんこれ使って（しわくちゃ笑顔）」とスタバカードを差し出してきて謎が解けた。おじ様は最高。

もしも
プロレスデビューすることがあったら
リングネームは保湿マスクにしよう。
女子にも人気が出そう。
必殺技は潤いバスターにする。
「潤すぞコラー！」とか言う。
やられてもやられても
目を潤ませながら立ち上がる。
観客の目も潤む。
カッコいいよ保湿マスク、
大好きだよ。

褒めてもらいたい一心で頑張れたりして子どもかよと思う。素直とも言う。

人間、たまには褒められたり認められたりしないといけないなあって思うんです。いや、それは小さなことでも全然よかったりするんですけど。ただ、誰からでもいいわけじゃない的なちょっと面倒な気持ちもあって、まあ、そこまでいくと贅沢な話になってしまうんですけど、たまにはなあって思うんです。

髪型を変えたときにすぐ気づいて褒めたりするのでよろしくお願いします。

後輩がいい仕事をしたのでみんなで褒めたら「なんか今日だけでも主役になれたみたいな気がして泣きそうです」と言ってかわいかった。同僚が「みんな主役だから」と小声で言ってあげていてかわいかった。

僕の母が人類で最もかわいい理由の一つに
「せっかく贈った物をもったいないという理由で使わない」
というものがあります。

母のことが好きすぎて「もしかしたら僕はこの人から生まれてきたんじゃないだろうか」などと真顔で思ってしまうくらいの勢いなのである。好き。

家庭的な人のかわいさは異常。

愛されたり必要とされたりしながら育ってきたんだから
愛されたり必要とされたりしたいって思ったたって
いいでしょうが。
なんも恥ずかしくなんかないでしょうが。

話を聞いてあげるだけでよかったのに妙に解決してあげたくなって余計なことまで言ってしまう。当事者からしたら客観とか正論とかきっとどうでもいいはずなのに。次はもっと聞いてあげよう。今日はおごるよとかも言ってあげよう。

緊張感が相手に伝わってしまって余計に上手くいかないときがあるけど、「緊張してます」と明かしたらなぜか場がなごんでいい感じになれたので使えると思った。

「ちゃんと考えてるからね」って言われたの想像以上にうれしくてびっくりしたから僕も言っていくしちゃんと考えてもいく。

たとえ大変なことでも自分のことなら最終的になんとかできそうな気もするけれど、人のこととなるとささいなことでもどうにもしてあげられない感じがあって無力だなあと思う。ごめんね。

寂しがりやだけど一人でいることも好きな人
「特に用はないけどまだ寝ないでほしい」

絵が上手な人は構図の取り方も上手だから写真もすぐに上手になりそう。カメラ買いましょう。そばにいる人たちのこと撮ってあげましょう。きっと喜んでくれたりするのでその顔をまた撮ってあげましょう。最高だ。

今思えばなぜあんなささいなことで
落ち込んでいたんだろうと思えるから時の流れは薬。

いつも一言多い同僚男子が彼女の手作りごはんに対して「腹減ってたからなんでもうまかった」とやらかして以降LINEが未読らしい。いっそこのままフラれてほしいと思ったけど、「簡単でうまい料理って何がある？」「なんで？」「いやちょっと作りに行ってくるわ」となったので応援しておいた。かわいい。

自分で自分のことがわからなくなったりするの人間ぽくてとてもいいと思う。

自分のことですらわからなくなるときがあるので人のことがわからないのはもう仕方ない。

思いつきで連絡したりするのたまには悪くないはずなのでどうかやさしく返してほしい。

何かをしてあげたときに相手の反応がよかったらまたしてあげたくなるみたいなのある。単純だけど、そういうのって確かにある。

かわいすぎるモデルさんに「何か雑学教えてください」と言ったら「おみそ汁におもちを入れるとおいしいです」と返ってきたときの感想：かわいすぎる

わがまますぎる彼女に振り回され、うんざりしながらもズルズルと付き合いを続けていた友人は、昔の謙虚でかわいらしい姿へ戻ってほしいと願いを込め、彼女の誕生日に物ではなく敢えて一枚の手紙を贈ったらしいのだけど、彼女は「え、これだけ? こんなのもらって泣いて喜ぶと思った? あたしのこと泣かせたいんだったらさ、お金かけてサプライズするかだよ。それかビンタするとか? 別れるけど」と言って笑ったので、友人は自分の中で何かがブツンと切れた感覚になり、その場で思いっきりのビンタを放って別れたらしい。その話を聞いたとき、僕は最初、手を叩いて笑ったのだけど、ふと冷静になり、「でもさ、いくらムカついても男が女を殴るのってどうなの?」と訊くと、

「じゃなくて、
自分にビンタしたんだよ。
それで目が覚めた」
と言ったので
また手を叩いて笑った。

好きな人たちの幸せは自分の幸せとしてもカウントできるので
好きな人たちはどんどん幸せになってほしい。

付き合いは長くても知らないことって意外とあって、不意に出てくる話に驚いたりもするのだけど、友人がとても苦労していた頃の話を聞かせてくれて、もっと早く言ってよ力になれたのにと思ったりもしたのだけど、笑いながら話す友人を見ていたら、まあこれでいいやとも思えてきて、まあこれでいいです。

あの日とかあの頃とか、戻りたいと思えるような
時期があることっていいことだよな。
今が充実していたら特に戻りたいだなんて
思うこともないかもしれないけど、
そういうのを宝物なんて言うのかな。

花火をするためだけに女子が浴衣を着たりするのとてもいいと思うので準備とか大変だとは思うけどよろしくお願いします。こちらはカバンからすいか一玉を出したりできます。よろしくお願いします。

人は悲しみが多いほど人にはやさしくできると聞いています。今夜はやけにきれいな星空だなあと思ったら涙のせいでした。やさしくできます、よろしくお願いします。

眠れない夜に読み聞かせる絵本のような存在になりたい。

「今コンビニだけど何か要るものある?」
みたいな電話かかってきてほしい。
「特にないから大丈夫」と言ったら
「あ、好きそうなもの発見したから買ってくね」と返ってきてほしい。
待ちます、部屋のあちこちを入念にコロコロしながら待ちます。

うれしい手紙が届いていたので今日はいい日。

もらった手紙にもいいねしたいと思ってしまったのだけど返事を書けばいいのだった。

手紙に封をする際にハートのシールを貼ってしまうような人にこの世の全ての幸せが
降り注いでほしい。

気遣いの鬼みたいな人が
「気疲れしてる」と言っていてそらそうだと思った。

話を聞いてあげる役になりがちな人は
どこで自分の話をしているんだろう。

やさしくされることに慣れて調子に乗っていくやつ数歩ごとに靴ひもほどけろ。

人のためにばかり生きているように見える人に「疲れない？」と言ってみたら「たまに疲れる」とのことだった。「お疲れさん」と言ってみたら「まだ大丈夫」と笑うのでお疲れさんと思った。

「まだ大丈夫」はそろそろ危なそう。

彼女と付き合い始めた頃に
「俺から嫌いになることはない」と豪語していた友人男子が
あっさり別れていて、
あの言葉はなんだったんだ的に言ってみたら
「向こうから嫌いになることはある」と返ってきて2人で夜空見上げた。
そうなんだよ、そうなんだよ。

人の成功体験を見聞きするのが好きなのだけど、
中でも特に面白い人の話って「こうやったら上手くいくよ」は
最後の方にちょっと出てくるだけで、
ほとんどは「こんな失敗をしたよ」で構成されていたりする。

人の成功を羨んでも仕方ないのだけど
人の成功を羨むことを止めることができないので
人が成功した際には「羨ましいです！
すごい羨ましいです！」と敢えて伝えることによって
自分の中の何かしらの汚い部分を浄化したい。

軸があれば揺れようがブレようが幅ということで前向きに捉えられそう。どこかへ飛んで行ってしまいそうに思うのは軸がないからなんだな。

今日は、人のことを勇気づけながら
実は自分に向けて言っているやつをやりました。

自分のダメさを誰かのせいにしていたいときは、例えば「赤信号さ、そこのボタン押したらすぐ青に変わるよ」と言われても押さないし押せない。動けない。

答えは一つなのに解き方はいくつもあるような問題があって、
「どの解き方で解いたらいいのかな」なんて
思ったりするのだけど、どの解き方でもいいのだし、
なんだったら間違った答えでもいい。やってみること。

希望の意味が「次がある」で、絶望の意味が「次がない」だとしたら、僕らの陥る絶望のほとんどは絶望風の希望だ。次がある。

悩みや迷いの中に長くいるといろいろが麻痺して自分が何に悩み何に迷っているのかも次第にわからなくなり「ただなんとなく憂うつ」のような終わりのない状態に陥って本当によくない。

頑張れないときはどうしたらいいんだろうと思ったけど休むに尽きるのだった。

「自分を責めていいのはうんこを踏んでしまったときだけ」と決められたらもっと明るく生きていけそう。もっと自分を愛していけそう。

形から入ることってバカにしがちだしされがちだけど、気持ちをわかりやすく高めることができるからときにはあり。「よっしゃ、やるぞ」みたいになれるからときにはあり。

つま先で立ってみてください、
何秒立っていられますか。
そのまま歩けますか、
走れたりもしますか。
苦しいですか。
足を着けて立ってみてください、
何秒立っていられますか。
そのまま歩けますか、
走れたりもしますか。
苦しいですか。

どこにだって行ける。
背伸びは要らない、
地に足を着けよう。

逃げ場がすぐ隣にあったら
目的地からもそれほど逸れずに
逃げられると思うので隣にいてもいいですか、
隣にいてもらってもいいですか。

気になっている人とお花見デートできるなら他にはもうお金しか要らない。

僕の楽しみになってくれませんか（告り案）

夢に元カノが出てきて「あたし、上手く笑えるようになった？（笑顔）」「うん、いい感じ」「よかった、フラれてからずっと泣いてばっかだったもん」「ごめんな」「いいよ、もう大丈夫（笑顔）」「ホントにいい感じ。俺なんで別れたんだろ」「そうだよもー」みたいになったけど実際は僕がフラれてます。

一日の終わりに報告ができる相手がいたらもう少し頑張れそうと思ったけど、頑張れなかったことも含めて言えるような人じゃなかったら別に要らない気もした。

安いごはんでも一緒に食べてくれる人安心する。

かぜで体調がよくないのだけど、そういうときって精神的にも心細くなって、なんか昔のこととか思い出したりして、そういえば昔、付き合っていた人が「かぜ、あたしにうつしていいよ(笑顔)」なんて言ってくれたことがあって、ああ、あの人いい人だったなあとか思って、とにかく今はたまご雑炊が食べたい。

友人から合コンのお誘いが送信されてきたんだけど、参加資格の一つ目に「土日祝休みの人」というのがあって、あとは涙で見えなかった。

寒い、くっつきたい。

孤独ってさ、状況のことじゃなくて感情のことなんだよな。どれだけの人混みに紛れても一人のときは一人なんだし、どれだけの距離に置かれても一人じゃないときは一人じゃないんだし。

人間みたいな一人で生きていくことが難しい生き物が、他のどの生き物たちよりも孤独を感じるようにできているだなんておかしな話だと思うけれど、それがある種の警告なのだとすればまあわかる。

一人で居ちゃいけない。

帰りが遅いときに心配してくれる人がいるの幸せ。

カップルで満員電車に乗ると彼氏が周囲の圧力から彼女を守る感じになってカッコよかったりするけど、その要領で190cmくらいの知らない色黒マッチョが僕をめっちゃ守ってきてて恋かもしれない。

失敗は成功のもとらしいのだけど、失敗が続くとただただ自分を責めてしまって勝負も挑戦もできなくなるので、ときどきは成功させてほしい。「あっ、今なんか一瞬光みたいなの見えた」くらいのものでも全然いいので、ときどきは自信を持たせてほしい。

人のことを励ますみたいに自分のこともそうできたらいいのにな。

呼吸をするようにいつも自然で当たり前に自分らしくいられたらな。だって、見せたい自分はこんなのじゃないもん。本当の自分はこんなのじゃないもん。

なんでもすぐ自分のせいにしがちな人は
きっと自分のことを責めてばかりいるのだろうけど、
いいことがあったときにも
ちゃんと自分のせいにしているのかな。
自分のお手柄にしているのかな。

なんだかんだ言ってもいざというときに頼ったり頼られたりするのってそばにいる人だったりするじゃないですか。だから、そうありたいならそばにいないといけないなあって思うんですよ。

心配をかける人って嫌い、だって心配になるし。
心配をかけまいとする人って嫌い、だって心配もできないし。

夏っぽい雲の向こうに日が沈んでいくの見てる。クソ暑いことを除いていい季節だなあと思う。無性にどっか行きたくなる。

おやすみを送信するときに「いい夢見てね」的な言葉を添えることってあると思うんだけど、今日一日元気がなかった人から「いい夢見ます」的に届いたのでいい夢見てねって思った。

いい夢見てね、元気も出てね。おやすみ。

友人たちで飲んでいたら一人(売れないバンドマンと
長く付き合ったけど最終的に別れた女子)が
「あの人のバンドが売れなくても、
あたしの中であの人は
始めから終わりまでずっと売れていた。
大好きだった、今までこんなに
人を好きになったことはなかった。
もし人生が150年だったら
まだあの人といたかった。
80歳になってもあたしはまだ若くて、
子どもも産めて。
でも本当はもっと短くて、
もっと早くおばさんになって。
だから待てなかった。
まだ好きだったのに
離れてしまってごめんなさい」
的な話を涙ながらにして居合わせた全員も泣いた。

ピクニックの前日に「今から訊くことは明日とは関係ないんだけどね、苦手な食べ物とかってある？」と訊いてこられてかわいいと思いたい。

記念日に少し背伸びをした服装をしたり少し背伸びをした店でごはんを食べたり少し背伸びをした台詞を吐いたりしたいので記念日が必要。

まだ告ってないのに
フラれたみたいになるやつがあったので
今日はよくない日だった。
今後はせめて告ろうと思う。頑張る。

最近太ったらしい同僚女子が「二の腕の肉やばくない？」と言い僕に触らせてきました。二の腕の柔らかさはおっぱいの柔らかさと同じだという話を聞いたことがあります。僕のことが好きなのでしょうか（男性・独身）

【ミルフィーユ】①洋菓子の一種。何層にも重なっているいる折り込みのパイ生地とカスタードクリームを交互に数段重ねて作ったもの。②納期が重なり大変なこと。またそのつらい様子。

昔付き合っていた彼女のお父さんが「そこまで好きだって言うんだったら彼氏としてはいいと思うよ。でも結婚相手となったら応援はできないかな」と僕のことを言っていたらしいので結婚と恋愛は別です（泣いてる）

つらいことがあったときなんかに
暴飲暴食して忘れようとすることがあるけど、
暴眠もおすすめだから試してみて。めっちゃ寝てみて。

「もう知らない、寝る」で救われる夜があります。

「あの人、あのときホントはどう言ってほしかったのかな」的なことをあとから考えてしまうときがあるけれど、もし言ってほしい言葉が決まっているならそう伝えてくれるといいし、きっとそう言ってあげられると思うし、別に「何も言わずに聞いて」だっていいし、「一緒に泣いて」でもいい。全然泣くし。そのあと笑うし。

人を気遣った人がその分ちゃんと大事にされますように。
人のために生きた人がその分ちゃんと愛されますように。

好意を表すと距離を置かれることがあるから今を保っているんだよ。付かず離れず表さずでね、この距離を保っているんだよ。

好きになってはいけない人などいない。
好きだと明かしてはいけない人がいるだけ。

不安になると泣けてくるし安心しても泣けてくるし涙ってなんなの、振り回すのやめて。

人前で涙を見せることに抵抗があると言っていた人が
目の前でぽろぽろと泣いたので僕は人じゃないのかもしれない。
それか、もう他人じゃないってことでいいですか。

泣いている人にハンカチと見せかけたはんぺんを差し出して笑ってもらいたい。「はんぶんこね？（笑）」「ありがと（笑）」みたいにして一緒に食べたい。

友人男子は長く付き合った彼女にＬＩＮＥ一通でフラれたらしいのだけど、文章の最後に「私たちはこれで終わるけど、私や○○くんの人生が終わるわけではないから、私も頑張っていくし、○○くんも頑張って夢を叶えてね」とあって泣いたとのことだった。「俺の夢はお前とずっと楽しくやっていくことだよ！」と返信しながら泣いたとのことだった。

同僚男子と車移動中にラジオからクリスマスソングが流れてきて、同僚「なあ、クリスマスプレゼント何が欲しい？」僕「くれんの？」「じゃなくて、女からもらうとしてだよ」「つっても女いないしなー」「いや俺もいないけど」「何それ」「……」「……」「俺らで交換する？」「する」みたいなやり取りした。

モデルさんにお迎えが来てすぐに行かなきゃならない状況になりました。するとモデルさんは「ごめんなさいこれ食べかけですけどよかったら。おいしいですよ（笑顔）」と僕にアイスを手渡してきました。その場には他に女子もいたのになぜ僕だったのでしょう。脈ありと考えていいでしょうか（男性・独身）

一緒にこたつに入ってアイスを食べながら足でじゃれたりしたいだけの人生だった。

夜になるとアイスのことを思うから恋なのかもしれない。

ほぼ毎日アイスを買って帰るので店員さんが新商品情報を言ってくるようになった。

いつか何か一緒にやれたらいいねと言っていた人のお仕事に関われたのでとてもうれしい。今日はアイス2個です。

同じ作業を続けていると途中で何がいいのかわからなくなってくる。
一周まわってシンプルなものがいいと思えてきたりもするし、
いやでもそれってスタートに戻っただけじゃない？と
不安になったりもする。わからない、何がわからないのかもわからない。
神様お願い、降りてきて。それかアイス買ってきて。

「今コンビニだけどアイスどれがいい？」と
連絡があってほしい。

真面目で責任感のある強い人間から先に壊れてしまうらしいので、僕らは不真面目で責任感のない弱い人間になろう。ときどきはそうやって守ろうとしよう。

人の期待に応えなきゃならないのって疲れるから自分の期待にだけ応えるようにしよう。

背中を押してくれる人の存在に助けられる。それは「いいね」の一言でも十分だったりする。そうか、やはりこれはこれでいいのかと思えたら自信が湧く。自信があればなんだってやれる、やれそうな気になれる。ふと押す側になったとき、自分もそんな風に力になってあげられるだろうか。近しい人や大切な人ほど目いっぱいに押してやりたくなる。けれどそれはたぶん間違いで、グッとこらえての「ちょん」くらいでいい。お互いに。

＊

長く暮らした部屋を引っ越すことになった。ここへ来る以前の部屋は築年が古く、あちこちにガタがきていたこともあって、僕は新築で入ったこの部屋をとても気に入り、想像していたよりもずっと長くお世話になったのだった。

大通りに面しているため騒音はあるが、ターミナル駅の近くで立地がよかった。両隣は居るか居ないのかわからないくらいに静かだったが、上階は昼から夕方にかけ何かで何かを叩く音を度々出していて、これには困った。もしかすると藁人形で誰かを呪っていたのかもしれないし、餅をついてご近所に振る舞っていたのかもしれないが、結局真相は謎のままだ。

共用スペースの利用で不快に思ったことは一度もなかった。常駐の管理人が各階の手すり一つに至るまで毎日掃除をしていたし、2週間に一度は清掃チームがやって来てそこら中を高圧洗浄機にかけた。手がかかっているということは気持ちがかかっているということだ。どのようなものでも人の気持ちが行き届いたものはいい。

管理会社の人がやって来た。立ち会いのもと部屋の明け渡しを行う。既に引っ越しを済ませた部屋はがらんとしていて広く見えたが、至るところに人が暮らした形跡がある。これらは全て僕が残したものだ。入居時の真新しさはどこにもないが、それでも丁寧に扱ってきた。僕はこの部屋が好きだった。

ここで告白したこともある。「料理男子がキテる」的な記事に踊らされた僕は、好きな子を招待し、下手な料理をテーブルいっぱいに並べ、くさい台詞もいっぱいに並べ、なんとかＯＫをもらったのだった。ここでフラれたこともある。女々しく落とした涙の跡は、さすがにもう残ってはいないはずだけど。

管理会社の人は部屋やトイレや風呂場やキッチンを一目ずつ見て回っただけで、「それでは、こちらにサインをお願いします」と書類を差し出した。丁寧に扱ってきたとは言え、難癖をつけられないようにと構えていた僕はやや拍子抜けするも、これで引っ越しにまつわるバタバタが一段落するのかと思うと安堵した。

「きれいに使っていただいてありがとうございました」

「いえ、こちらこそお世話になりました」

「こちらで生活する上で何か困ったことはありませんでしたか?」

「いえ、いつも清潔にしてくださっていて安心して生活できました」

上階の藁人形だか餅だかのことには触れずにおいた。

「そうですか、ありがとうございます。実は、ここは僕が入社して初めて受け持った物件でして、管理が行き届かないこともあったかとは思いますが、住民の皆さまに快く生活していただけますように精いっぱい努めて参りましたので、そんな風におっしゃっていただけてうれしく思います。長い間本当にありがとうございました」

涙が出そうになったのは、ここでの日々が胸に甦ったからではない。そう語る管理会社の人が、今にもこぼれそうなほど目にいっぱいの涙を溜めていたからだ。人の気持ちが行き届いたものは、やはりいい。泣くな管理会社の人よ、次の入居者が待っている。泣くな僕よ、新しい暮らしが待っている。

N A K U N A

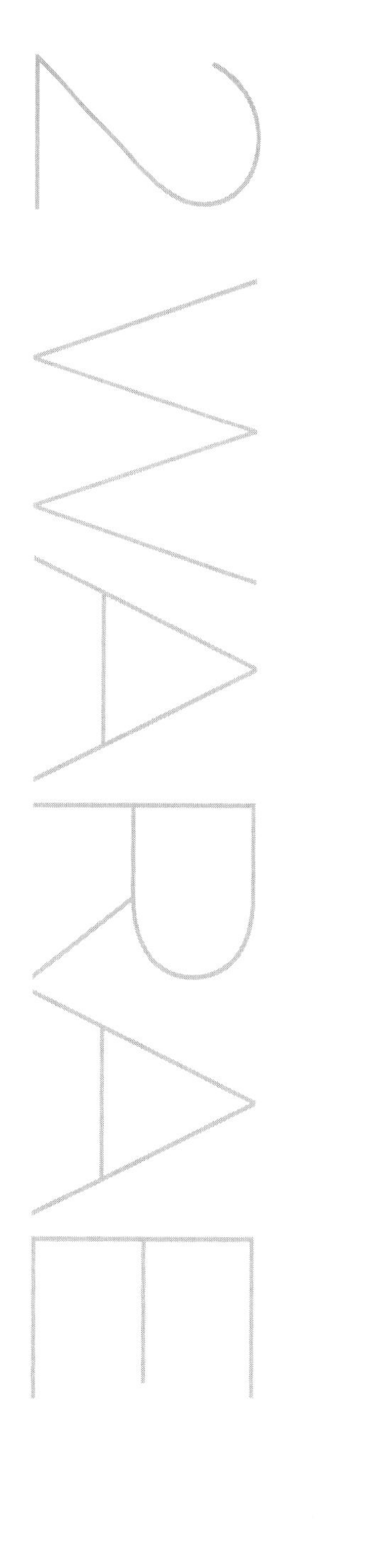

よく笑う人といるとしょうもない会話やできごとまで楽しく思えてくるのでよく笑う人は最高。

朝からバンバン笑顔見せてくれる人かわいい。

いい人を見ていると「この人はこの先もずっといい人なんだろうなあ」と思えてきて勝手に泣きそうになる。

話のネタがないときは自分のことを話すのがおすすめ。
自分の何を話せばいいのかわからないときはカッコ悪いエピソードを話すのがおすすめ。
大体笑ってもらえたりする。安心してもらえたりもする。話が広がる。

好きな人たちがみんな目がなくなるくらいに笑ってる写真欲しい。

人と会ったときに「(彼氏彼女やいい感じの人の)写真ないの?」と訊き
「えー、なんかあったかなー」となり
スマホの中にある見せられる範囲で一番いいものを探す
その表情を眺めるのがとても好き。

思い出してもらえるだけでも十分うれしいけど、
どうせならついでに笑ってほしいとも思うから、
バカなこととかもっと言うよ。
何もないところで転んだりとかもっとするよ。

精神的な意味での「はあ、充電したい」みたいな独り言を言ったらスマホの充電だと
思った同僚が自分のカバンからエネループをチラ見せさせながら「ん?」みたいな顔
をしてきたのでちょっと笑えて充電できた。いい人。

よく知っている人のことを見直したり惚れ直したりして一人でニヤニヤしたい。

「どしたの？」「別に（ニヤニヤ）」

「何？」「なんでもない（ニヤニヤ）」とかしたい。

褒めたら「そんなことない」的に言いながらもニタァみたいな顔になる人かわいい。

権威のある学者が世紀の大発見をして会見を開くことになり、「なんと、幸せは平凡な日常の中にあったのです」と発表し、見慣れた横顔を眺めながら「知ってる」と思いたい。

同僚女子から「iPhone6sどう？」とLINEが来たので「まだケースつけてないから傷がつかないようにそっと扱ってる」と返したら「女もそう扱って」と来た。やさしくする。

ナチュラルに奥の席へ座らせますのでよろしくお願いします。

お酒抜きでも一緒に居て楽しい人がいい。もうちょっと居たくなる人がいい。

夏に何かイベントをやりたい的な話をしたら「一緒にいたら毎日がイベントだよ」と言われて始まりたい。

お茶に誘ってもらえるだけでも相当うれしいので「ウチ来る？」とか言われたら死ぬかもしれない。

もしハゲたら「ちょっと薄くしてみたんだけどどうかな」と言おう。「前のもよかったけど今のもいいよ」と返ってきて結婚を意識したりしよう。

遊ぶ日を決めたときに「その日まで頑張る」とか言う人のかわいさ、100点満点で言うと50000点。

人には突然勝手に遊びに行っても怒らないどころかむしろ歓迎してくれる人が必要。

2人で並んで歩いていたら「うー寒いー」とか言いながらこちらのポケットに手を入れてこられたりするの興味あります。

手の大きさを比べ合うところから始まる感じ興味あります。

キスしている人はしていない人よりも長生きするという話を聞きました。唇でもほっぺでも大丈夫です、よろしくお願いします。

楽しいときやうれしいとき、
さらにはおいしいときなんかにも、
それを「幸せ」と表現する人がいて、
自分のような人間でも
人を幸せにすることができるんだ
と思えてちょっと感動するので
今後もその方向でお願いします。

久しぶりに会った人たちが前と変わらず
やっぱりいい人たちで帰りに一人ニヤニヤした。
僕はいい人が好きだ。
いい人はすごい、ずっといい人ですごい。

飾らないい人は会うともっと好きになる。

友人女子からのお誘いが「ごはん行こう」ではなく
「チヤホヤしてくれ」でわかりやすい。

居酒屋バイトの経験がある友人女子にどんな客がうざかったかを訊いたら「男子グループの客で『この中で彼氏にするなら誰？』みたいに言ってくるやつ」と返ってきて居合わせた男子全員で手叩いて笑った。ごめんもう言わない。

好きな人がある日突然似合わないアフロ姿で現れたら手叩いて笑うと思うけど、「自分を変えたくて」とか言い出したらそっと抱きしめると思う。そのあとまた手叩いて笑う。

幸せなら手を叩いて笑おう。

母が笑っているとそれだけで安心するのだけど、それは、遠い昔母がそんな風に僕をあやして安心させてくれた記憶が頭の片隅に残っているからなのかもしれないと考えたらちょっと泣けた。母ありがとうな、いっぱい笑いかけてくれてありがとうな。そして僕も笑おう。ありがとうな。

会うといつも笑わせてくれる人やさしい、ありがとうって思う。言わないけど！　言わないけど！

いつもありがとう（顔が赤い）

おしゃれなカフェとかよく知ってる人とても重宝するけど空いてるカフェとかよく知ってる人もっと重宝する。

納期を倒すとみんなで拍手をしたりハイタッチをしたりハグをしたりするウチの職場かわいい。

かわいすぎるモデルさんが集合場所にいる僕を見つけて10メートルくらいの距離を視線を合わせたまま笑顔で駆け寄ってきたときの感想：かわいすぎる

コツコツと積み上げてきたものがようやく形になってきてうれしい。感激とかじゃなくてじーんとなるやつ。悪くない。

人の悩みを聞いていたら少し前の自分を見ているようでニヤニヤしてしまい「笑いごとじゃない」と怒られた。ごめん、でもよくわかるよ。

本当は怒っているくせに「怒ってない」と言う人はあとから絶対に怒ってこないでください、約束です。

友人「おすすめのスポットとかへ連れて行ったときに『前は誰と来たの？（なんかちょっと怒ってる）』みたいになるの意味わかんないから初めて来たフリも辞さない」
僕「わかる」

「俺にはわからない」と言ってきた人に「お前にはわからないと思う」と返したら「どういう意味だよ、何で俺にはわからないと思うんだよ」と言ってきた。知るか！！！！！！

これは予想だけどかわいい嫁が笑顔で出迎えてくれたら毎日頑張れるのでは。頑張った日にはハーゲンダッツが1個もらえるシステムになったら毎日2割増しくらいでやれる自信ある。

この間タクシーに乗ったときに運転手さんから聞いた「ハーゲンダッツっていうんですか？ あれが急に食べたくなりましてね、コンビニに寄って買ったんですよ。そしたらスプーンが入ってなくて、車の中でベロベロ舐めて食べたんですよ。犬か！ってね。次の信号のところでいいです？」を思い出して笑ってる。

職場のえらい人が奥さんに電話をかけていたのだけど切り際に「今日のメシ何？」と訊いていたのがちょっとよかった。

やさしい人って

誰かに何かしてあげたときに
相手が「ごめんね」みたいに
思ってしまわないように
「じゃあ今度ごはんおごってね（笑顔）」
とか言ったりするじゃないですか。
そういうの好きなんですよね、
大人っていうか。
僕も上手くやりたいなあと思う。

モデルさんの買い物に付き合ったあと僕にも何か欲しいものがないかしきりに訊かれたからお礼をしてくれるのかもしれない。「お前」と答えておかなかったのが悔やまれる。

失くしたあとや手放したあとに
それがよく思えてくることがあって、
それが本当によいものだったのかを
思い出そうとするのだけど、時が経てば経つほどに
どんどんよく思えてしまって参考にならない。

「本物のお茶は熱くても冷めても
どちらでもおいしい」という話を聞いたので
本物のお茶みたいな恋がしたい。

友人男子からビデオ通話がかかってきて、なんだろうと思って出たら「一人で飲むの寂しいからビデオ通話しながら飲もうず〜」と缶ビールを見せながら言ってきた。

同僚女子が「あの人(職場のえらい人)またトイレみたいな香水して来てる」と言ったのに対し同僚男子が「おしっこ臭?」と訊いていてマーキングかよと思った。

割となんでも話せるモデルさんが「新しい下着買っちゃったんだー」と言うので「女子ってどのくらいの頻度で下着買うの?」と訊いてみたら「そんな頻繁に買うわけでもないけど、今回のは次のデート用」と返ってきてかわいいと思った。「でもまだちょっと先だからそれまで着けないで取っとくの」とも言ってかわいいと思った。

モデルさんに電話をかけると出るなり鼻歌だったので「どした? なんかいいことあった?」と訊いたら「ごめんセルフ音姫! おしっこ中でして!」と返ってきて興奮した。

モデルさんと一瞬相合傘になったので「もうカップルってことで大丈夫ですか?」と言ったら「カップルだったらもうちょっとこう(腕を組んでくる)じゃないですか?(上目遣い)」と返ってきた。交際スタートと捉えていいのかもしれない。

「わーん」とか「えーん」みたいなのだけを雑に送信しても「どしたん(^ω^)」みたいにやさしく返してくれる人、アリかナシかで言うと結婚したい。

僕の肩をトントンして「リュック開いてますよ」と教えてくれた石原さとみさん似の人、結婚したいので連絡ください。

少しやさしくされただけでもすぐ好きになってしまうので、もしその気がないなら思わせぶりな態度を取るのはやめてくださいもっとお願いします。

すぐに顔が赤くなるモデルさんがいてかわいいのだけど、色白だからピンクになっちゃって、「顔がピンクですよ」と言ったら真っ赤になってた。抱きしめます。

日差しの強い日にサングラスをかけ
「あれ、太陽のせいかと思ったら違ったわ。お前だったわ、眩しいのお前のせいだったわ」と言って無視されたい。

2秒に一度メガネのズレを直す人が「呼吸のようにメガネのズレを直す男」と紹介されていて妙なカッコよさあった。

呼吸のようにメガネのズレを直す男「はじめまして（メガネのズレを直す）〇〇です（メガネのズレを直す）よろしくお願いします（メガネのズレを直す）じゃあ（メガネのズレを直す）行きましょうか（メガネのズレを直す）」

目薬をさしたあと「あんまり俺のこと泣かせんなよ？　男だって泣くときゃ泣くんだぜ？」と言って無視されたい。

彼氏といい感じの同僚女子が「こちらおすそ分けになります」と言ってラブラブなカメラロールを見せてきた。

彼氏といい感じの同僚女子に「どれくらい好き？」と訊いたら「過去の男たちがゴミみたいに思えるくらい好き」と返ってきたのじわじわきてる。

美少女モデルに「自分のことかわいいと思う？」と訊いたら「何それ／／／　人に訊く前にさ、そっちはどう思うのよ／／／」と返してきてかわいい。

全然隠せてない照れ隠しかわいい。

胸の谷間を強調した服の人に
「男はつい目が行ってしまって
困るんですよね」と言ったら
「別に見てもいいですよ?」
と返ってきたので
それ以降谷間に向かって話した。

胸の谷間に惹かれて
好きになったとしても
付き合い始めたら
「谷間隠せよ」と言うと思う。
どうかガッカリしないでほしい。

独り占めするのって贅沢だけど
はんぶんこするのってもっと贅沢。

人を好きになるのって気がついたらもう始まってたりして笑う。
「境目はどこだったんだろう」とあとから振り返ってみても
「ああ、たぶんあのときにはもう好きだったんだろうなあ」
くらいにしか確認できなくて自分でも笑う。

面白い本を読んだときの「これ面白い」だとか、泣ける映画を観たときの「これ泣ける」だとか、おしゃれな雑貨屋さんを見つけたときの「ここおしゃれ」だとか、おいしいごはん屋さんを見つけたときの「ここおいしい」だとか、いいものに出会う度にさ、顔が浮かぶようになったんだよ。「次は2人で」だなんてさ、思うようになったんだよ。

「いつも元気でいなくたっていいんだよ」
と笑う君はいつも元気で、僕はね、
いつも元気でいられたらなあ、
なんて思うんだ。

「いつも明るくいなくたっていいんだよ」
と笑う君はいつも明るくて、僕はね、
いつも明るくいられたらなあ、
なんて思うんだ。

「いつも前向きでいなくたっていいんだよ」
と笑う君はいつも前向きで、僕はね、
いつも前向きでいられたらなあ、
なんて思うんだ。

「いつも正しくいなくたっていいんだよ」
と笑う君はいつも正しくて、僕はね、
いつも正しくいられたらなあ、
なんて思うんだ。

人は一緒に行く相手がいなくても花火大会の日程を調べていい。

彼氏彼女がいるくせに「あーあ、○○（こちらの名前）と付き合ったらよかったなー」などとわざわざこちらへ伝えてくる人から順にうんこを踏んでください。

モテているのにフリーを貫く後輩男子に
「遊びたいってこと？」と投げてみたら
「恋愛ってハマったら相手の汚さとか自分の汚さとかも見なきゃなんないじゃないですか、あと弱さとかも。そういうのが無理って言うか、楽しさよりもしんどさが勝っちゃってダメなんですよね。最初はよくてもだんだんダメになってきちゃって、もういいやってなるんですよね」と返ってきた。わかる。

気になっている人に「なあ次会えたら何したい？」と送信して無視されたい。

好きな人と部屋で2人っきりになったタイミングで「大切なものは目には見えないって話を聞いたんだけど電気消してみてもいい？」と誘って無視されたい。

「声聴くと眠くなる」的なことを言われると寝るなって思うけど実はとても褒められてるのかもしれない。

人肌に勝る暖房はないと聞いています。
こちらもあたためられます、よろしくお願いします。

「女子はいいよな、お菓子作って持ってきたりとかしたらそれだけでかわいいアピールできるもんな」的に言ったら同僚女子が「男は花束持ってきたらいいだろうがこのカス」とキレ気味に言ってきた。カス、次回花束持参します。

モデルさん「下着はプライベートでは白以外着けないかもです」

男子クルー一同「ありがとうございます」

テラスハウスを知らない先輩が「テラハ」を「てらはち」と読んでいた。

大人、子どもの頃に思っていたものより全然子どもでびっくりする。

重めのアウターの下から春物が出てくるの
花が咲いたみたいでいいと思う。

（タンクトップ姿になり両ワキを見せながら）後輩男子「自分今何分咲きスかね」全員「満開」

「前の方がよかった」と言われても前には戻れないので今のいいところを見つけてほしい。

「これ以上やっても
どうにもならない」的な
気持ちになることがあるけど、
別にあきらめたいわけじゃないし

むしろ逆。

好きな人が布団に入っているところに
「お(^ω^)　こんなところに湯たんぽが(^ω^)　どれどれ(^ω^)」
みたいにして入って行って無視されたい。

ハーゲンダッツ、結構いい値段するんだし開けたらフタの裏に「お疲れさま」とか「えらいね」とか「好きだよ」とか書いといてくれるくらいのやさしさ欲しい。

「好きなものが一緒だということを知る↓うれしくなる↓テンションが上がり熱弁↓引かれる」みたいなのやめたい。

今日聞いた話で一番なごんだのは
「彼氏の乳毛最初は無理って思ったけど
今はないと寂しいかもしんない」です。

長い月日をかけて約束を果たすのちょっと泣ける。

お酒、誰と飲むかで味が変わったりして
大人の飲み物だなあと思う。

打ち合わせ中に冗談を言うと
「そういうの要らないんで」みたいな空気になってつらいことがあるので
最初に「今回の打ち合わせは冗談NGでお願いします」と
言っておいてほしい。

スタバでノートPCを開いていると自分ができる側の人間になった気がしてくるか
らスタバはすごい。

笑うとかわいい人はもっと笑わせたくなってくる。

約束をしたときに「楽しみ」みたいに言う人なんなの、僕も。

楽しくなりそうな日のことを想像するだけでもう楽しいので楽しくなりそうな日はすごい。

誰かを待つのってうれしかったり苦しかったり。

デートの日にクッキーを焼いてきてくれたら喜びますが、それは僕が食いしん坊だからではありません。僕のために手間や時間をかけてくれたことがうれしいからです。そんな君がかわいらしく思えて仕方ないからです。

僕、カメラマンをしていまして、モデルさんを撮ったりするんですね。撮影中ってモデルさんのことを褒めまくったりするんですけど、ほら、カメラマンが「いいね！ じゃあちょっと脱いでみようか！」みたいに煽っていくイメージってあるじゃないですか。まあ脱ぐ脱がないは別としても、被写体の気持ちを上げていくというか、乗せていくというか、そういうのって確かにあるんですね。プロのモデルさんたちは当然きれいだし当然かわいいので、人からそう言われることにも慣れていて、でもいいですか、そんな人たちでも褒められることは何回目だってうれしいんですよ。1万回目だって10万回目だってうれしいものはうれしいんですよ。そしてさらにいいものが引き出される。なので、僕ら撮る側は1万回目だろうと10万回目だろうと初めてくらいのテンションで声をかけていくんです。「きれい！」「かわいい！」「2人でごはん行きたい！」なんて言って。

美少女モデルが

「おなかいっぱいってさ、おっぱいって略せるよね」

と言って、僕はおにぎりを落とした。

美少女モデルが「この間断捨離してて思ったんだけどさ、人間ってさ、あそこの毛って要らなくない？」と言って、僕はおにぎりを落とした。

美少女モデルが「ベロフェチって人がいたんだけどさ、ベロがいいかどうかってどうやって見分けんの？　ディープ？」と言って、僕はおにぎりを落とした。

美少女モデルが

「ねえ背中の毛ってなんて呼んでる？　せなげ？　せなかげ？　せげ？」と言って、僕はおにぎりを落とした。

美少女モデルが
「海外のモデルとかってさ、乳首浮いてても気にしてないじゃん。て言うか自ら浮かしていったりすんじゃん。ああいうのカッコいいって思うんだよね。でも日本でやるとエロ要素みたいに見られるわけじゃん。そういうのやだよね。どっちみちあたし乳首小さいから浮かしても目立たないんだけど」
と言って、僕はおにぎりを落とした。

美少女モデルが

「男はなんで人妻がいいの？　人妻には何があんの？」

と言って、僕はおにぎりを落とした。

美少女モデルが「蒼井さんってかわいいとこあるよね。『よしよし、ぎゅー』ってしたくなるときあるもん」と言って、僕はおにぎりを落とした。

美少女モデルが「ナイススティックってパンのことだよね？　じゃないの？　え、隠語？」と言って、僕はおにぎりを落とした。

美少女モデルが

「はあ、なんか最近弱くてさ。楽しいことないかなー。そうだ、蒼井さんこのあと暇？　ウチおいでよ、ラブジェンガあるよ？」

と言って、僕はおにぎりを落とした。

美少女モデルが
「ちょっと付き合ったんだけどマジクソだった男がいてさ、もう別れてんのに『俺のどこが悪いんだよ』とかLINEしてきて、マジクソだから無理って返したの。そしたら『マジクソってどういう意味だよ』とかきて、もうウケてさ、真面目うんちってことだよって返して、そしたら連絡来なくなって、真面目うんちってなんだよって自分でも思うんだけど、でも真面目うんちの威力すごいなって思ったの。蒼井さんも使ってくれていいよ真面目うんち」
と言って、僕はおにぎりを落とした。

美少女モデルが「○○ちゃんの彼氏がサッカーが好きでさ、あ、蒼井さんも好きだったよね、サッカー。でさ、サッカーってさ、グランド？　サッカー場？　のことピッチって言うじゃん？　グランドって言うか芝？　芝生？　なんか言うじゃん、ピッチとかピッチコンディションとかって。でね、この間部屋で2人でいるときにいい感じの雰囲気になったんだって。で、彼氏が○○ちゃんのパンツに手入れてきてさ、『お、ピッチコンディションいいね』って言ったんだって。いや彼女のパンツの中の様子をサッカー場にたとえて言うなし。で○○ちゃんもコンディションよかったのかよ、知らんし」と言って、僕はおにぎりを落とした。

美少女モデルが

「そしたらさ、その子がすごいジャンバラヤで、あたしなんか引いちゃって。あ、ジャンバラヤは下の毛が多いってことね？」と言って、僕はおにぎりを落とした。

美少女モデルが
「男の乳首って生物学上必要ないものらしいよ。
確かについてる意味なさそうだよね。
あ、でも舐めてほしがる人もいるのはいるのか。
ねえ自分で乳首必要って思う?」
と言って、僕はおにぎりを落とした。

美少女モデルが

「カメラマンさんと付き合ってる子って
プライベートヌードみたいなの
一回は撮ってると思うんだよね、エロスだわー。
蒼井さんはあるー？」と言って、僕はおにぎりを落とした。

美少女モデルが

「身体が柔らかくて開脚とか普通にできる人いるじゃん。
もし自分があんなのできたらさ、
絶対鏡の前で全裸でやるっしょ」
と言って、僕はおにぎりを落とした。

美少女モデルが
「この間久々に実家帰ったらさ、
妹のおっぱいがなんか大きくなってんの。
あの子もやることやってんだわー」
と言って、僕はおにぎりを落とした。

＊

僕らはみんなプレゼントが好きだ。プレゼントはいい、贈られる側はもちろん贈る側もうれしい気持ちになれる。もしも自分が贈った物で喜んでもらえたら「君の喜びが僕の喜びだよ」だなんて真面目に思える自信がある。

高価な物ばかりがプレゼントではない、なんなら形ある物ですらなくたっていい。例えば君がなかなかのケチケチマンであったとしても、人にジュースの一つくらいはおごったことがあるだろう。例えば君が全てを凌駕するほどのドケチファイターであったとしても、飴やガムのおすそ分けくらいはしたことがあるだろう。そう考えると、気遣いや親切心もプレゼントと呼べるのかもしれない。

プレゼント選びにはいくつかの基準がある。これを大きく2つに分けるとすれば

①相手が欲しがっている物を贈る
②自分が贈りたい物を贈る

だろうか。プレゼント選びに失敗したくない人は①を、失敗しない自信がある人は②を押してください（何かしらの音声ガイダンス風）。

贈るシーンやタイミングによってはさらなる驚きや感動を持たせられる。サプライズ、興味あります。と言うかまずサプライズしようとしてくれたあなたのやさしい心に、興味あります。

あるところに付き合って最初のクリスマスを迎えようとするカップルがいた。初めて迎える特別な日に楽しみな気持ちを抑えることができない。一方で不安もあった。

「プレゼントどうしよう、何あげたらいいか全然わかんない」

いやいや、プレゼント選びに失敗したくない人は①を押してくださいとこれだけ言っているにもかかわらず、なぜ君は不安を抱えてまで①を押さないのか。

「いやだって、相手に何が欲しいか訊いちゃったらつまんないし。何がもらえるかなーって楽しみがなくなっちゃうし」

敢えて言おう、禿同と。わかる、この気持ちはわかりすぎてつらい。何がもらえるかという楽しみは残しつつ、できるだけ失敗のないプレゼント選びができな

いものか。で、協議を重ねた末に彼らカップルが導き出した答えは
①予算を設定する
②お互いが欲しい物のジャンルをなんとなく（ここ重要）で言い合う
③それらに収まる範囲の中から自分が贈りたい物を自分の趣味で選ぶ
だった。何それかわいい！　いろいろを考慮しつつも初めてのクリスマスを目いっぱい楽しもうとする気持ちが伝わってくる！　この2人絶対上手くいってほしい！　お願いだ、どうか言わせてくれないか、メリークリスマスと！

クリスマスイヴがやってきた。さて、悩みに悩みそれぞれが贈った物とは――

彼氏が贈った物は、靴だった。かわいい靴が欲しかった彼女は大はしゃぎで喜び、その場で履いて見せた。よくやったよ彼氏、君のセンスは正しかった。ただ、サイズが大きかった。サイズの合わない靴ほど使えないものはない。

「あれ、もしかしてちょっと大きいんじゃない？」

「ううん、大丈夫、平気だもん。すごいかわいい。ありがとね、ずっと大事にする。ずっと大事にして履くね、ありがと」

そう言って彼女が笑うと、彼氏も笑った。

彼女が贈った物は、コートだった。カッコいいコートが欲しかった彼氏は大はしゃぎで喜び、その場で着て見せた。よくやったよ彼女、君のセンスは正しかった。ただ、サイズが小さかった。サイズの合わない服ほど使えないものはない。

「あれ、もしかして小さい？」

「いや全然、むしろジャスト。うん、ジャストだわこれ。やたらカッコいいし。めっちゃ着るから、ありがと」

そう言って彼氏が笑うと、彼女も笑った。

サイズの大きい靴で足をパカパカさせながらも、「うれしい、うれしい」と言って履き続けてくれたあの子を、今こうして思い出す。もしも何かの拍子に僕を思い出すことがあったとしたら、サイズの小さいコートで肩や腕をパツンパツンにしながらも、「かっけー、かっけー」と言って着続けた姿でありたい。

笑え、もっと笑え。笑顔を贈り合おう。

WARAE

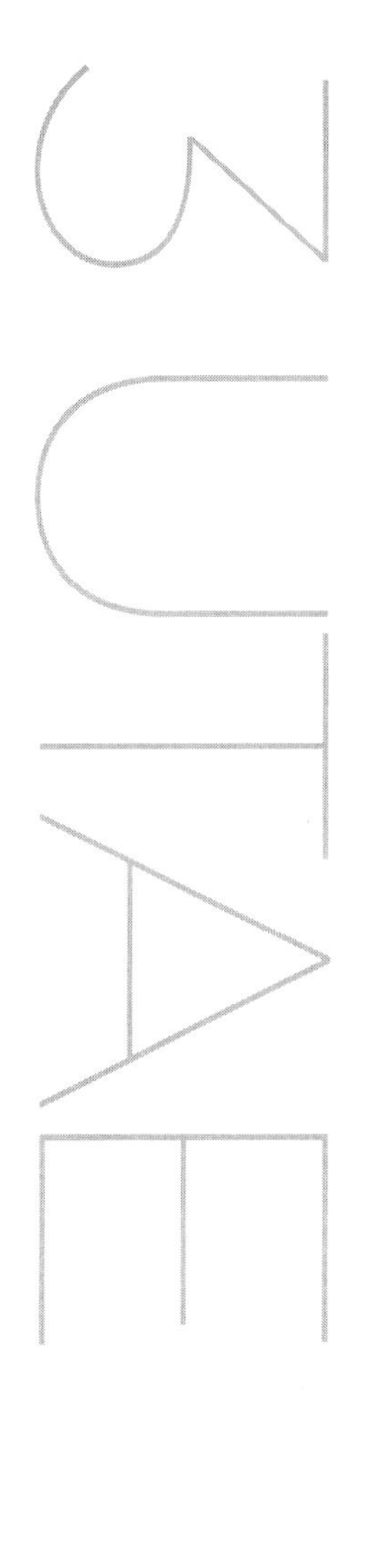

本当に仲がいい人って次がいつなのかもわからないくらいに
たまにしか会えなかったりして、
ふと「これって本当に仲がいいのかな」と思ったりもするのだけど、
それでも本当に仲がいいからなんとか続いているみたいなところがあって、
まとめるとそろそろ会いたいです。

暖かくなると連絡をしてくる人がいて熊かよと思う。
一緒に鮭を獲りに行こう。

用がないと連絡しにくい人に連絡できる用が欲しい。
「何してる？」みたいに送信したときに「なんで？」みたいに返ってくるの、理由がないと連絡しちゃいけない感があってまあまあ切ない。

連絡や返信がマメというかちゃんとしてる人の安心感すごい。抱いて。

会おう会おうと言いながら会えなかった人がたくさんいるから13月が来てほしい。

お酒を飲むと会いたくなる人がいるけれど別に飲まなくても会いたいのでよろしくお願いします。

久しぶりに会った人の髪が伸びてたり短くなってたりするの結構好き。それで最初の話が勝手に始まったりする。「前の方がよかった」みたいに言われたらちょっと悲しいかもだけど、でも全然いい。久しぶりーって思う。

カットの予約を入れる際「大事な人たちに会うのでこの日でお願いします」と言ったの自分でもかわいい。

何も起こらないと退屈で嫌になるけれど、何か起こると心配ごとも増えたりして、どういう状態が一番心健やかでいられるのかなあという気持ち。

明日はもっとよくなりたい。

少しずつでいいから毎日ちゃんとよくなっていきたい。

僕「そろそろ彼女できないかなー」
同僚女子「彼女ってある日突然できるものじゃなくない？
コツコツ好感を積み重ねてできるものじゃない？
つか君らみたいな受け身な男が増えたせいで
理不尽に売れ残ってる女子もいるわけよ？」
僕「残り物には福があるってこと？」
同僚女子「まあね／／」

褒め方って
人によって違ったりするけどさ、
たとえ震えるくらいにいいと思っても、
それを言葉で表すとなると
「悪くない」程度に言う人も
いるわけじゃない。
だからアレ、小さなものも含めて
カウントしていけたらなって話。
「いい」や「悪くない」はもちろんそうだし、
「お疲れ」とかも全然そう。

自分のこと褒めよ、
褒めてあげよ。

静かな夜って誰かに電話したくなる感じある。

声を聴くと安心する人と通話をして安心したりした。

異性の友だちに電話したら機嫌がよさそうだったので「なんかいいことでもあった？」と訊くと「だってそっちから電話くれたの初めてだから」と返ってきて意識し始めたい。

通話の前になぜか正座してしまうやつ最近やれてない。あれドキドキして楽しいから好き。

初めて2人で遊ぶことになりどこか行きたいところがあるかを訊いたら「一緒に歩くだけで楽しいからどこでもいい」と言われて始まりたい。

一緒に歩いた道は全部いい道。

知り合って間もない頃の「質問し合い」みたいなのが好きすぎて本当にすいませんという気持ち。

例えばいい音楽や面白い本なんかに出会うと誰かに教えたくなってくるのだけど、そんなときに教えられる人がいること自体がそもそもいいし面白い。

楽しければ楽しかったときほど別れ際の挨拶が照れくさくて、次に繋がる大事な台詞を誰？ くらいの変な顔で言ってしまったりするのやめたい。

「来年の今日も一緒にいられますように」と短冊に書きたいだけの人生だった。

このままじゃよくないということはわかるけど、じゃあどうすればいいのかまではわからないときってどうすればいいのかな。このままじゃよくない。

考えに行き詰まったときとか、
みんな結構散歩してるんだなってことがわかって安心した。
たかが散歩程度のことでいいんだって思ってなんかちょっと安心した。
散歩のことナメてた。

散歩しよ散歩、散歩行こ散歩。

ラジオ聴きながら作業するの妙な懐かしさがあって楽しい。

たまに尊敬できる部分を言い合ったりするのとてもいいと思う。一箇所でも十分いいと思う。

かわいいって褒めたら
「次会うまでにもっとかわいくなって
また褒めてもらいたい」
みたいに返ってきて何それもう
かわいいんですけどって思ったし、
さりげに次にまた会える権まで
くれていて何それもう
かわいいんですけどって思ったし。

いつも頑張っていてカッコいい人にそう言ってみたら急にカッコ悪い話をたくさんしてきて「これが…照れ隠し……！」って思った。カッコいいよ。

歌が上手な人はどれだけチャラくてもカッコよく思えてすごい。

いつもふざけてばかりな人がまじめにやっている姿を見ると「えっ…カッコいい……／／」みたいになってびっくりするのでいつも真面目にやってほしい。

同僚男子と仕事の話をしていたときに「なんかお前に話すと気が楽になるわ。サンキュ（笑顔）」と言われてキュンとなったから女子要素ある。

人のお金でごはんを食べることに猛烈に感動してしまうので女子に生まれていたらもっと上手にかわいげを表現できたと思う。

人の話を聞くのが上手な人に話をするのって本当に楽しいな。
押すでもなく引くでもなく、
でもちゃんとそこにいてくれる感じ。

うれしいときに
うれしそうな顔をして見せるのって
半分才能みたいなとこある。
上手な人って見てるだけで楽しい。

謙虚と卑屈の違いなんかはどうでもよくって単純に「ごめんね」とか「ありがとう」と
かをすぐ言える人のかわいらしさが好き。

同僚女子がいい匂いだったので「それ何の香水？」と訊いたら「ううん、体臭」と返ってきた。体臭すごい。

僕も料理が上手になって
「さ、これ食べて元気出しな」「……」

「いいから、ね、冷めないうちに、ほら」「……（食べ始める）」

「おいしい？」「……おいしい（泣く）」

「ふふふ、おかわりあるよ、どんどん食べな」「……おいしい（もっと泣く）」

「ふふふ（頬杖を突いて眺める）」みたいなのやりたい。


男子はたぶんみんな好きになった女子の手料理が食べてみたくなるのだけど、そういうので言うと、女子は男子に何をしてほしくなるんだろ。「電球交換してほしい」とかかな。

同僚女子が「便秘がMAXで下っ腹がやばい状態のこと」を「便ピーク」と呼んでいました。

かわいすぎるモデルさんがグループLINEで一人最低一つのダジャレを言い合う流れになった際に「あたし無理です！」と発言したっきり出て来なくて、まあ、シャイな人だしボケたりとかしないよなあと思っていたら流れのラスト辺りで不意に「俺のオーレ」と発言してきたときの感想：かわいすぎる

しっかりした人が好きだけど子どもっぽさもいい感じに残っていてほしいので、寒い日に「ねー見て、息白いよ、ほら、ね？」とかやってこられるのはまあまあアリ。

ハエにたかられた女の子を男の子が「うんこー」とからかって、そばにいたマダムが「虫が寄ってくるってあなた、花なんじゃない？（笑顔）」と声をかけた。

母はとにかく心配性で、どうでもいいようなことまでいつまでもうじうじ考えていたりする。人間、同じことをぐるぐる考えていると妙な答えに行き着いてしまうことがあるので、どうか一晩寝たら忘れるくらいの性格になってほしいと願う。

あるときは「この間、家にゴキブリが出た。引っ越したい。私は虫が嫌いなので気持ちが悪かった。引っ越したい」的な内容で電話してきた。僕は思わず笑ってしまったのだけど、その声は真剣そのものだった。うじうじ考えているうちに「そうだ、引っ越そう」などと行き着いたのだろう。

またあるときは「この間、阪神が大事な試合で負けた。眠れなかった。私は阪神が好きなので悔しかった。眠れなかった」的な内容で電話してきた。僕も野球は阪神ファンなのだけど、やはり思わず笑ってしまった。もう真剣すぎてちょっとかわいい。阪神の戦いはこれからも続くので今後もどうか見守ってあげてほしいと思うし、僕もまたそんな母を見守っていきたいと思う。でもアレ、ちゃんと寝てくださいね（心配性の息子より）

どこか放っておけない感じの人がモテたり愛されたりするの
ちょっとわかる気もするから
１００点な人でいる必要なし。抜けててよし。

「明日の準備できました」と送信するの、アレだったら通話とかいけます的なアピールにもなって相当かわいいのでは。

暇で相手をしてもらいたいときってあるじゃないですか。でも「かまって」みたいに送信するのって案外恥ずかしかったりするじゃないですか。なのでジャブ的にゴロゴロしているスタンプ送ってみるじゃないですか。相手もゴロゴロしているスタンプで返してくるじゃないですか。お♡って思うじゃないですか。

あさりのみそ汁がおいしすぎるのだけどたとえ料理が苦手でもこれだけ作れたらもう十分な気がしてきてるのでよろしくお願いします。

服や音楽なんかもそうだけど何か一つとするなら食の好みが近い人がいい。

ごはんに行く約束、
約束の中でも最も気軽にできる部類のもののなくせに
最もテンションの上がる部類のものでもあって最高かよと思う。

出先の同僚から電話があって「お好み焼きがおいしそうだから買って帰ろうと思うんだけど、お好み焼きのこと好む？　好まない？」と半笑いで訊いてきた。好む。

意外なことに
「好き」と伝えるよりも
「一緒にいて楽しい」と伝える方が
より相手に好意が伝わる
という話を聞いて、確かに
一緒にいて楽しい人とは
3日で飽きたりしない
もんなと思った。

人の恋愛相談に乗るの結構疲れるから3回乗ってあげると1回ごはんがタダになるとかになってほしい。

クリスマス直前の週末にフラれた人がいて
どう声をかけていいかわからずにいたら
別の人が「忘年会しよ?」と言ってそれだって思った。

いいなぁと思っていた女子に「画像ちょうだい」と送信してみたら薬指に指輪のある本人画像が届き告る前にフラれたみたいになった同僚男子に何かおごります。

モデルさんの私服選びに付き合ったんだけど迷ったときに僕がいいと言った方を買っていたので彼氏なのかもしれない。

友人「やることが多すぎて逆に何もやれてない」僕「わかる」

残業が長引いてまた職場泊かと思っていたら
同僚男子が「俺が残るからお前はもう帰れよ」と言ってきた。
僕も残ると伝えたら「いいから、な？ 行けって(笑顔)」と肩を叩いてきた。
映画とかで「あ、コイツ死ぬな？」みたいな送り出し方。
ありがとう。生きてまた会おう、約束だ。

布団に包まったまま転がって出社したい。途中でコンビニにも寄る。

カタカナのツをシと書く同僚がいて許せない。「なんでツをシって書くの？」「えっ」「シーツって書いてみて」「…… (シーシと書く)」「これシーシだから。シーシって何？」「えっ」「ツーンって書いてみて」「…… (シーンと書く)」「これシーンだから。静まり返ってどうすんの？」「えっ」許せない。

かわいい人の来客がある度にざわざわするウチの職場かわいい。

職場のグループLINE、
お礼や労をねぎらう意味を込めて
「すき、だいすき」と返信するのが流行っていてなごむ。
「○○の件やっておきました」「すき、だいすき」とか
「○○の納品完了してます」「すき、だいすき」みたいなの。
自分も言われたくて何か報告したくなる。なごむ。

疲れて帰ってきたら好きな人がソファーで寝ていて、テーブルには好きなメニューの
ごはんが並んでいて、ああ、自分は恵まれていると思いたい。

新しい服を着て「似合うかな?」みたいに画像を送ってくる人、アリかナシかで言うと
結婚したい。

「いい人止まりにしか
なれない人って
『大切にするイコール
やさしくする』って考えてそう。
なんでもこっちに
合わせられても退屈だし。
あと甘やかしてばっかじゃなくて
バカなことしたら
ちゃんと叱ってほしい」
という話を聞いて
「なるほど」と思ったし
「親かよ」とも思った。

酔っておんぶされている女子がギャーギャー言っていておんぶしている男子が「うるせーな置いてくぞ」と言いながら全然置いていってなくてカッコよかった。

居眠りから飛び起きて電車を降りようとしたら肩をグイッと掴まれておい何すんだよ的に振り返ったら座席に落としてしまっていた僕のiPhoneを笑顔で手渡してきたイケメン…ありがとうございます…抱いて……

サッカー観戦くらいしか趣味がないので観ているときは集中したくて、たとえ好きな人から「今ちょっと話せる？」と連絡があったとしても「全然いけるけど？ かけたらいい？」と返す。

気になっている人に「クリスマスとかカウントダウンの予定どうしよっか？ そろそろ決めとかない？」と送信して無視されたい。

モデルさん主催の手作りコロッケパーティーに呼ばれたのでタキシードで行きます。モデルさんが「膝から下は自信あるんだけど太ももがどうやっても納得いかないんだよね」と言ってスカートをパンツが見えるか見えないかの位置までたくし上げたので今日はもう満足です。

肉まんをはんぶんこしながら手を繋いで帰りたいだけの冬だった。

部屋が寒すぎてこたつ欲しい。無理なら人肌でもいい。

いくら接客とはいえお釣りを渡されるときに丁寧に手を触ってこられると意識してしまうので、もしその気がないならやめていただけると助かりますもっとお願いします。

「寝た？」に「うん」と返信してくる人は
一体どうなりたいんだろう。

起きてますもう全然起きてますけど目が開いてないだけ。

僕らはもっと、「頑張って起きてたけど先に寝るね。ごめんね」などと送信してくる人のことを愛さなければならない。

眠れないアピールをしてきた人に「じゃあちょっと通話しよ」と送ったら「ごめん寝そう」と返ってきた。僕の何がいけなかったんだろう。

寝る前になると「あのときああ言えばよかった」
みたいなのどんどん出てきて自分を責めたりしてしまうから
布団に入ると気絶するシステムになってほしい。

「○時までに寝る」みたいな自分ルールを守れた試しがないので時間がきたら上から大きめのタライが落ちてきて気絶してでもよく眠れたい。

次にあくびしたらもう寝ようと思いながらあくびしてる。

あくびがちくびに見えた人から順に寝てください。

今日は早く寝ようって昨日も思ってた。

一日の終わりに連絡を取りたくなる人っている。
大体がどうでもいい内容だったりするのだけど。

「おやすみ。まだ寝ないけど笑」みたいなのってどういうつもりで送信してるんだろう。どう返すのが正解なんだろう。人はどこからやって来てどこへ帰って行くんだろう。

通話の切り際に「あたたかくして寝て」みたいに言う人がいるけれどその時点でもうあたたかくて本当にありがとうございます。

5分くらい通話しただけで気分転換させてくれる人のコスパすごい。

先のことを考えるとなんだか怖くなって眠れなくなるのやめたい。

友人男子が片思いの子に「おやすみ」と送信してみたら「勝手に寝て笑」と返ってきたらしいのだけど、「返事あっただけでもアガったし寝れない」とのことでかわいい。

待ち合わせしてる人を見るとこっちまで待ち合わせしたくなってくるので待ち合わせはすごい。

待ち合わせしてる段階でもう7割くらい楽しい。

友人男子の初デートプランを聞いていたのだけど楽しそうすぎて僕が代わりに行きたい。「ここで一皿のたこ焼きを2人で食べる」みたいな案もあった。行きたい。

「声が好き」はちゃんとした理由だから。下手したら「顔が好き」なんかよりも全然ちゃんとした理由だから。

毎日連絡がある人から連絡がないと何してるのかなと思う。恋とかじゃなくても思うから、恋だったらもうアレです、いろいろと大変でアレです。

「話が合う」に勝る相性のよさなし。

人にはまだ寝たくないときにいきなり電話しても大丈夫な人が必要。

「寝る前にちょっとだけ話そ？」の破壊力やばい。

「通話の最中に彼氏が寝落ちしたので切ろうと思ったけど寝息が聞こえてなんだか愛おしくなってそのままスマホと添い寝した」という話がとてもよかった。

かわいすぎるモデルさんが「夢に出てきたんですけどこっち来ましたか」と送信してきたときの感想：かわいすぎる

長い戦いの旅路の果てにたどり着いたラスボスの名前が『己の弱さ』とかだったら笑う。「ねえ母さん、僕はやっとわかった気がするんだ。この旅の本当の目的は、自分の弱さに打ち勝つことだったんだね」とか思って笑う。「あの日、僕は母さんを守れなかった。それは僕に力がなかったからだと思っていたんだ」とか思って泣く。「でも、それは違ったみたい」とか思って剣を抜く。「ねえ母さん、見てくれていますか」とか思ってラスボスを睨む。「僕ね」とか思って駆ける。「戦うことを覚えたんだよ」とか思って全力で跳ぶ。

人はなぜサッとお風呂に入らないのか。

自分で説明できないことはやっちゃダメだと思うのだけどまだお風呂に入れてないの自分でも全然説明できない。

お風呂入るのめんどくさいけど好きな人と同じ匂いの入浴剤が発売されたら毎日すぐ入るのでよろしくお願いします。

お風呂に入る前っていつもめんどくさくて嫌なんだけど、お風呂の中から好きな人の声で「おいでー」と聴こえてきたらすぐ入るのになあと考えながらまだ入れてない。

お風呂に入るのが面倒すぎて気になっている人から「あとで通話できる？ ゆっくり話したいからお風呂とか済ませといてくれたらうれしいです」と連絡があってほしい。

同僚女子はお気に入りのくまのぬいぐるみが一緒じゃないと眠れないらしく、大丈夫かよと思ってしまったのだけど、「気に食わないことがあったら投げたりするし、この間はお風呂に沈めた」と言って、よくわからないけど大丈夫だと思った。

*

友人男子の嫁は幼稚園の先生で、子どもが大好きな明るくてやさしい家庭的な人だ。しかも美人で、こう言ってはアレだが、僕はこんな素敵な人が友人なんかに惚れた意味が全くわからずにいた。

ごく控えめに言っても友人は顔が豚に似ている。おなかも激しく出ているし、脚だって短い。どこで買ったのかもわからないような服をいつも着ているし、「風呂はよくて2日に一度しか入らない」と本人が言っていたのを聞いたこともある。

そうだ、性格に惹かれたのかもしれない。確かに人を上っ面の部分だけで判断してはならない。いや、僕は彼のことを友人だと思うからこそ敢えて言うが、彼の性格は難易度の高い複雑な知恵の輪よりもずっとねじ曲がっている。

彼が誰かのことを肯定するような発言を僕は聞いたことがない。それどころか自分のことを棚に上げて人を容赦なく責めまくる、一般的に嫌われるタイプの人間だと思う。

ここまで書いて、ふと僕はなぜ彼と長く友人関係を続けてこられたのだろうと思ったが、それは彼が仕事人間だということに尽きるかもしれない。彼は仕事がよくできたし、また熱心だった。彼と仕事の話をするのは楽しかった。まあ、僕の話はいつも否定されていたのだけど。

あるとき彼が「この曲に歌詞をつけてくれ」と頼んできたことがあった。訊くと、曲はピアノの上手な嫁が作ったもので、これを歌とし、園児たちに覚えさせて学級歌にしたいとのことだった。いい話だ。改めてなぜこんな素敵な人が友人なんかに、と思う。曲は、やさしくてあたたかい素敵なものだった。

しばらくののち歌詞ができたと連絡すると、「じゃあ3人でメシでも行こう」と返信があった。作詞のお礼に死ぬほど食ってやる。久しぶりに会う嫁は少しふっくらしていたが、やはり友人にはもったいないくらいの美人だった。

「実は嫁が妊娠して産休に入るから、せっかくだけどその歌は当分使えなくなった。悪いな」

僕は友人が謝ったのを初めて目の当たりにし、一瞬おめでとうを言い忘れてしまうくらいの衝撃を受けたのだが、どこか恥ずかしげにする嫁のかわいさがとてもよかったし、いつもは親豚のような友人もこの日は子豚に見えた。こうして、人のお金で死ぬほど食うという計画は急遽友人夫婦のお祝いに変更され、３人分の会計を財布ギリギリで済ませ、僕は友人としての面目をかろうじて保ったのだった。

数ヶ月ののち、「まーちゃん（子ども）の顔を見に来いよ」と招待を受けた僕は喜んで友人宅におじゃました。こう見えて僕は子どもが好きだ。いや、正直なところ以前はあまり興味が持てなかったのだが、甥や姪、また友人たちの子どもと触れ合っているうちに「え！子どもかわいい！うおお！子どもってかわいい！」となってきたのである。何を当たり前のことを言い出すのか、子どもはかわいいに決まっている。かつての僕のように今はまだ興味が持てない人も、いつかわかる日が来ると思う。

抱っこしたまーちゃんはとても小さくて、それでもちゃんと生きている。黒くて大きな瞳にまっすぐ見つめられると、僕の中の汚れきったいろいろが浄化されていくようだ。小さな手、そして指。えっ、なんなのその爪の感じは（褒め言葉）。こちらの指を握らせると結構な力で応えてくる。なあ、まーちゃん、お兄ちゃんな、まーちゃんのこと絶対一生守っていくからな？（妄想）泣きそうになる、小さな生命を前にただただ泣きそうになる。「おい、もういいか」と友人が言ってきた。今日は親豚の顔をしている。やだ！まーちゃんと離れたくない！

嫁はかぜ気味らしく、念のため今夜はまーちゃんと別の部屋で寝るとのことだった。

「ごめんね、それじゃああたしはお先に寝させてもらうので。まーちゃんが夜泣きするかもだけど、よかったら泊まっていってね」

まーちゃんを寝かしつけたあと、僕と友人は久しぶりに2人で飲んだ。ただ、お決まりの仕事の話は最初に少し交わしただけで、あとは僕の親になり代わった友人の「お前今女いないのか」だとか、「お前は理想が高すぎるんだよ」だとか、ひたすらに僕を心配するターンが続いた。僕はこれまで友人のことを子どもで独りよがりの自己中人間だと思っていたのだけど、実は僕なんかよりずっと大人な人間だったのかもしれない。まあそうだよな、子どもに家庭は守っていけないから。

飲みすぎてしまった僕はソファーで毛布に包まっていたのだが、友人の歌声がして目が覚めた。夜泣きを始めたまーちゃんをあやしている。なんの歌だろう、どこかで聴いたものだ。ひどい眠気に再び目を閉じながら、ああ、これは嫁の曲に詞をつけたあの歌だと思った。なあ、まーちゃん、いい歌だろ、それな、お兄ちゃんが詞をつけたんだぞ。父よ歌え、子が眠るまで。まーちゃんおやすみ、大丈夫だよ。

のちのち嫁に聞いた話をまとめておく。

まーちゃんがまだおなかの中にいる頃から友人夫婦はよくあの歌を歌って聴かせていたらしく、出産後も子守唄として歌っているらしい。ちなみに嫁は先生になる以前はシンガーソングライターを志していたらしいが、自分の歌唱力のなさに嫌気が差して今の道へと進んだらしい。そして最大の謎、友人のどこに惹かれたのかについては以下の通りだ。

「あの人のことタイプだと思ったこと一度もないけど、ああ見えて案外頼れるのよね。ふてぶてしいことってもしかしたら才能なのかも。あとね、歌がめちゃくちゃ上手いの。初めて聴いたときは尊敬しちゃったな。今はもう一人ファンが増えて、あの人も喜んでるんじゃないかな」

U

T A

E

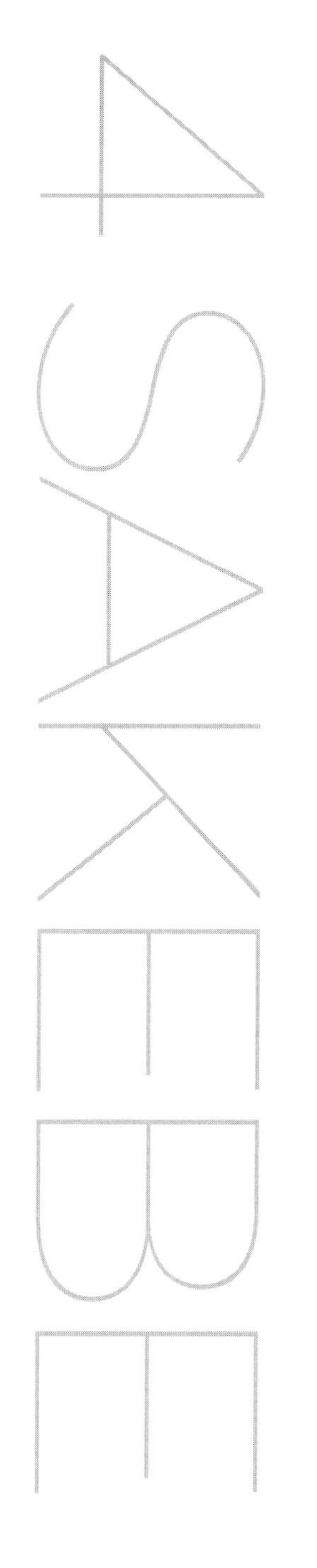
4 SAKEBE

やさしい人が朝イチから平然とやさしくていい加減にしてほしい（褒め言葉）

まっすぐな人のかわいさはたぶん育ちのようなものからきていて、そうじゃない人がやろうとしても簡単に真似できるものではなくって、そんな人を見る度にいいなあと思う。羨ましいなあと思う。

いいねボタンの他にいいよボタンもあって、「話にオチがなくてごめんね」みたいなときにそっと押してあげたい。

僕の好きな人は、あれが約束だったのかもわからないくらいの2人の間だけの小さな決めごとをちゃんと覚えていて、しっかり守っていて、かわいらしい人だなあと思うんです。

今しかできないことをやってる人のカッコよさなんなの。

今しかできないことをやってる人は「これは今しかできないから先にやっとくか」みたいに頭で考えずやってそうだからカッコよく見えるのかもしれない。

友人が彼女にサプライズで聴かせるためピアノを練習しているらしくカッコいい。下手でも全然カッコいい。

絵文字の類をほとんど使わないため、メールやＬＩＮＥで
「！」ばかり使ってしまうのだけど、こればかりだと
本当に熱意を届けたいときにどう表現したらいいのかわからなくなって、
ああ、どうか伝わりますようにと願いながら
「！！！」みたいにちょっと増したりする。伝われ。

いつも忙しそうにしてる人って
いつ連絡していいのか気を使うので
大丈夫なときはそっちから連絡してきてほしい。

マメに会った方が楽しい人とたまに会った方が楽しい人の違いがよくわからないのだけどでもなんかそういうのある。

「○○がお前のこと褒めてたよ」みたいなの聞くと
直接よりもなぜか3倍くらいうれしいから
どんどん使いたい。

誰かのことをずっと応援するとかずっと好きでいるとかって、そのときそのときでそう思えることはあっても、実際に続けていくのって本当に難しいことだなあと思う。

応援してた人が成功したとするじゃないですか。こっちまでうれしくなるじゃないですか。成功って言うにはちょっと大げさな場合にしても、上手くいったとか、そういうのでもいいんですけど、こっちまでうれしくなるじゃないですか。よかったねって思うじゃないですか。でもなんて言うんですか、置いて行かれるような気がして寂しくなったりもするじゃないですか。いや違うんですよ。こっちだって空気くらい読めますし、やっといい感じになってきた人に寂しいだなんて言って、足を引っ張るようなマネはしたくないんですよ。でもなんて言うんですか、遠くへ行ってしまうような気がして寂しくなったりもするじゃないですか。僕ね、なんとなくわかってきたんですよ。こういうのが、自分の番が来たときなんだってこと。

通話しているときに突然鼻歌を歌い始める人がいるけれど、「この話面白くないよね？　ごめんね？　ねえ、ごめんね？」みたいな気持ちになってくるので、歌声をどうしても披露したい場合以外はやめてほしい。

ＬＩＮＥで会話してるときに「返事が早すぎてごめん」みたいな気持ちになるのなんなの。遅いより早い方がいいのになんで恥ずかしくなるの。

男子と話すのなんでこんなに楽しいんだろうと思ったけどバカだからなんだと思う。あとみんな明るい。

明日一緒におでかけしたいけど
恥ずかしくて言い出せない人
「明日めっちゃ天気いいらしいよ」

今くらいの気候がずっと続いてほしいと思ったけど、実際にずっと続いたら四季を恋しく思ったりするのかな。

秋の気候で人恋しい気持ちになったりもしたけれど別に春夏冬も人恋しいのでいつでもお願いします。

職場のえらい人が「おいお前ら、季節の変わり目で体調崩してるやつもいるみたいだけど、ホントに無理なときは無理せず休めよ？　長引くからな？」ってマスクに冷えピタで言った。

職場のグループLINEに
「残業でおなかすいた」と投げたらいつもは敬語な後輩女子が
「大丈夫？　ごはん買って持ってってあげようか？」
と送信してきて母性感じてる。

一緒に残業してた同僚が帰ろうとしてるのを全力で止めたけど全然無理だった。「行かないで」とか「あたしのどこが嫌い？」とか「直すから」とか思いつく台詞全部言ったけど全然無理だった。もう恋できない。

ある日突然同僚が退職すると言い出したので、
一時の感情で辞めてしまうのはもったいないと引き止めたら
「好きな仕事のこと簡単に辞めようとか思わないよ。
もう好きだって思えないから大事にも思えないんだよ。こういうのって
周りにも失礼だし。好きだって思えないから辞めるんだよ」と返ってきて
恋の終わりかよと思った。逃げたり隠れたり嘘ついたりしない、
ちゃんとしたタイプの恋の終わりかよと思った。

「きっと君は来ないひとりきりのクリスマスイ部」という悲しい集いに誘われていて参加するか迷ってる。

贈った指輪を彼女がだんだんしなくなっていくという、なんとも切ないフラれ方をしたことがあるので、もし気持ちがなくなったのならその段階で言ってくれると助かります。初期は「指輪してくるの忘れちゃった」といった感じで、中期は「あれ、今日指輪は？」とこちらが訊くと「あ、ホントだ」といった感じで、末期は知らない指輪がつけられていました。よろしくお願いします。

彼女とラブラブな同僚が「セコムしてますか？」の口調で「恋してますか？」と言ってくるのまあまあつらい。

同僚女子がチャラめな男子に遊ばれているような気配だったので
それでいいのか的なことを言ったら「誰もいないより
ちょっとでもトキメいてる方がよくない？（まっすぐな瞳）」
と返してきてごめんって言うしかなかった。

「君を守りたい」みたいなのって口に出すのちょっと恥ずかしいし、どこか大げさな感じもするし、あまりピンときてなかったんだけど、好きな人との関係が幸せすぎてふと怖くなったとき、ちょっとわかった気がした。守りたいって思った。

守りに入るのって後ろ向きなイメージがあるけど守れるものがあるだけいいと思う。守りきってカッコいいとこ見せてほしい。

守る人がいるのとてもいいことだけど
守ってくれる人もいてほしいと思う。

なんだかいいことが起こりそうな気がした日に本当にいいことが起こったら自分のこともちょっと好きになれそうな気がするので今日はいいことが起こってほしい。

あるとてもとても暑い日、
君はまるでコーラのようだった。
そんな風にして僕を潤したのだった。

あるとてもとても寒い日、
君はまるでスープのようだった。
そんな風にして僕を温めたのだった。

あるとてもとても楽しい日、
君はまるでビールのようだった。
そんな風にして僕を躍らせたのだった。

あるとてもとても悲しい日、
君はまるでココアのようだった。
そんな風にして僕を癒したのだった。

遠恋してた頃は、青空とか夕焼けとか星空とか、
印象的な空のときには特に「会いたいなー」なんて思ったりしたけど、
今は「空きれい」以外何も思わなくて、
まあ何となく寂しい気持ちもあったりするけど、
遠恋の方が圧倒的に寂しいので別にこれでいいです。空きれい。

彼女とラブラブな同僚男子に「そんだけ彼女いないってことはこの冬の思い出もなしってこと？　クリスマスとか年越しとか何してたの？」と言われたの引きずってる。

好きな人と初詣に行き同じ願いに手を合わせたいだけの人生だった。

「もちつき大会のチケットが2枚あるんだけど」
みたいなわけのわからない誘い方したい。

同僚男子たちと
「まだ付き合う前の段階の女子からのお誘いで
一番気持ちよかったのは何？」という話になったんだけど
一人が挙げた「ごろごろしよー？」がぶっちぎりすぎて
全員で「ア〜〜〜！」ってなった。

これはわかってくれる人だけわかってくれたらいいのだけど「アーーー（行き詰まって床をゴロゴロする）→のび太の昼寝のポーズで天井を眺める→あてもなくスマホをイジる→飽きてデスクに戻る」の流れを見て見ぬフリしてくれる人じゃないと付き合えない。途中で「頑張って」とか言われたら逆に冷める。

気になっている人から
「サンマ焼くけど来る？ ごはんももうすぐ炊けるよ」
と連絡があってほしい。

同僚たちの夏の思い出を聞いているうちに「何かしなきゃ、何かしなきゃ」と焦ってきて帰りに一人でジョイポリスに入りそうになった。

夏が終わるまでにしておきたいことを3つ挙げるとしたら恋と恋と恋です。よろしくお願いします。

薄着な美少女モデルがキラキラしていたのでそう伝えたら「夏はすぐどっかに行くからね」と返ってきて妙によかった。

パンティーを夏の大三角形と呼んでいいのは8月31日までとします。

友人カップルがもう秋の旅行計画を練っていて夏にしがみついている場合じゃない感出てきた。

僕もいつか結婚というものをしてみたいのだけどその前に浴衣でお祭りとか行ってくれる人欲しい。

過去にした初デートで一番楽しかったのは下手同士による卓球かもしれないのですが、ちっともラリーが続かず2人でゲラゲラ笑って、一気に距離が縮まったような気がして、ああ、そうだそうだ、そしてそのあとあそこにも行って……と思い出しているうちに泣けてきたのでこの話は終わりです。

グループLINEで最近読んだ泣ける本の話になり盛り上がっていたら一人が「まだ好きな子の写真をしおりにしたらどんな本でも泣けます」と発言して全員泣いた。

ねこ飼いたいばっか言ってたら「いい人いないの？」と心配されたんだけどなんでそういうことを言うんだろう。

僕も「今から帰る」とか「気をつけてね」みたいな一見普通で実は最高のやり取りしたい。

名前呼ばれて「ん？」ってなったら「呼んだだけ♡」みたいに言われるやつ毎日やりたい。どっちの役もやりたい。

「大事にさせてください」みたいな告り方なんなの、こちらこそだよ。

昔読んだ女性誌に「男子は女子の初めての人になりたがるので何事にも『やったことない』的な発言はどんどんしていけ」みたいな記事があって、いやいや、この雑誌作ってんの女子なんでしょ？　なんで男の気持ちわかんの？　なんでわかった気になってんの？　その通りです！！！！！ってなったの思い出した。

「ね、どこが好き?」みたいに不意に訊いてくるの咄嗟に上手く答えられないんでやめてもらっていいですかね。「あー、大して好きじゃないんだー?」みたいにイジってくるのどんどん追い込まれるんでやめてもらっていいですかね。「じゃあ時間あげるから今考えて」みたいに真面目に答え欲しがってくるの下手に何も言えなくなるんでやめてもらっていいですかね。「でも好きって気持ちだけはハッキリわかるよ」みたいに返したらさっきまでニヤニヤしてたくせに急に泣きそうになるのびっくりするんでやめてもらっていいですかね。「……うん」みたいになってくっついてくるのかわいすぎるんでやめてもらっていいですかね。

友人が彼女の愚痴を吐くので
「それはひどいね」と返したら
「お前は知らないと思うけどいいところもあるんだよ？」
と少し怒ってきた。彼女に言えよと思った。
早く仲直りしなさい。

朝から八つ当たりしてくる人の引き出しにそっとうんこを忍ばせておきたい。

マスクに陰毛をつけている人がいて僕はもうダメです。

すぐどこかへ行くくせに足跡とか爪痕とか強めに残す人いる。うんこ踏んでほしいって思う。

白い靴ばかり欲しいからうんこを踏まないようにしないといけない。

人は一緒に行く相手がいなくても「旅行したい」と思っていい。

こちらは仲良しだと思っていても向こうは知り合いくらいにしか思っていないこともあるので気をつけた方がいいですよ(夜空を見上げながら)

一人焼肉に興味を持ち始めてしまってこのままでいいのかという気持ち。

別れ話を切り出されたとき、こちらが潔く承諾すると「え、他になんか言うことないの?」的な態度を取るやつがいるけれど、ねえよ!!!!!!!

気になっている人とこのあとどうしよっか的な雰囲気になったときに「タイマー予約でそろそろごはんが炊ける頃なんだけどウチ来ない?」と言って無視されたい。

アイデアに詰まることを「引き出しがない」などと言うけれど、引き出しどころか机も椅子もなくてまず席にすら着けないみたいなときある。

「あのときああすればよかった」的なことほぼ毎日思うのになぜそこから学んで次のそのときそうできないんだろう。

自分のことを知ってもらえるのとてもうれしいけど怖さみたいなのもあったりして上手く言えるようにしておきたい。

不自由だと嫌がるくせに「自由にやっていいよ」となるとビビるから自分に自信がないのだと思う。

どう思われているかを気にするよりもどう思われたいかを気にしよう。

自分のことが上手く言えなくて取説持ってない可能性ある。
手に入れた途端に熱が下がるの自分でも全然意味がわからないけどぐいぐい下がる。
やめたい。

褒められ慣れてる人ってどう褒めたら喜んでくれるんだろ。
もう「君が生まれてきてくれて本当によかった」とかでいいのかな。

泣いてる人になんて声かけていいかわからないから一緒に泣こう。

今さら自分でどうこうできない部分があるだけに
見た目のことを褒められると「じーん」みたいになって
しばらくの間ずっとうれしい。

うどんのこと「おうどん」って呼ぶ人すき。

女の子らしい言葉遣いを嫌がる男子はきっといないので、
女子たちはせめて好きな人の前くらい
気をつけてそう見せればいいと思う。
例えば初歩の初歩で言うと「花」は「お花」だし「水」は「お水」だよ。
「肉」は「お肉」だし「うまい」は「おいしい」だよ。ファイト。

これだけ寒い日に一人でいるのってダメだと思うんですよ。誰かと鍋をしたり、あと
誰かと鍋をしたり、それか誰かと鍋をしたりしないとダメだと思うんですよ。

人のやさしさに泣いたり笑ったりしたい。

「ゴホゴホ」「咳してるね、かぜ?」「大丈夫、ちょっと喉痛いだけ」「もう切る?」「もうちょっと話したい」「じゃあもうちょっとだけね」「うん!　ゴホゴホ」「あー、やっぱもう切ろ? つか寝て?」「大丈夫だもん」「うーん」「元気だもん」「……」「……」「よっしゃ。じゃあさ、一方的になんか話すから聞いててよ。それだと咳も出ないでしょ」「うん!」「どんな話がいいかな、えっと、あ、そうそう、この間さ」このとき聞かせてもらったいくつかの話がとてもよかったのだと、のち、元気になったその人は言った。耳元で聞くやさしい声が、心もとない夜にとてもよかったのだと、その人は言った。

まとまった休みがあっても相手をしてくれる人がいなかったらつまらないと思うし、
つまらなくてもいいからまとまった休みが欲しい。

いつまでもこのままじゃいられないことはわかっているくせに
いつまでもこのままでいたかったりしてわがまま。

仲良くなりすぎると余計なことまで言ったり言われたりしてどんどん尊敬できなく
なっていってしまうので仲良くなりすぎるのをどうにかしてやめたいのだけどもう仲
良くなりすぎてしまっていて無理みたいなときある。

関係のない人や事柄にまで
妙な比較を始めてしまって
無意味に自分を責めるのやめたい。

影のある人を好きになってもいいけれど、影と闇の違いは知っておかなければならないのだよ。

人のことを振り回してくるやつがいるけれど、それって軽く見られているんだよな。例えば目の前に木刀があったら振り回してみたくなるけどさ、それが丸太だったらせいぜい座ってみるくらいのもんだし。

好きな人にはやさしくしてあげたいし、やさしい人だとも思ってもらいたいのだけど、それが自己満足というか、ただのおせっかいにはなりたくなくて、「自分の中でやさしさとおせっかいの違いみたいなのってある?あったら教えといてほしいんだけど」と言ってみたら「今のはやさしさ」と返ってきた。

日々便利になり人との繋がり方がどんどん簡単になっていく一方で切れ方はちっとも便利にならず簡単どころかどんどん難しくなっている印象がある。

心がフラフラしているときって自分が何者であるかとか今何をしなきゃならないかみたいなものすごく大事なことすら見失いがちでびっくりする。

人の心配をする暇があったら
自分の心配でもしていればいいのに
それでも誰かに構ってばかりいるやつは本当に暇なんだな。

本命の人には好かれないのにどうでもいい人からは好かれる現象は「普段は自分らしく振る舞っているのに本命の人の前では好かれようとカッコをつけたり嫌われまいと縮こまったりしているから」ということでいいですか。

母の作る料理がまずかったことは
一度もなかったので
僕がもらう嫁のハードルが
上がってしまったじゃないですか。
母、どうしてくれるんですか。
頑張っていい人を見つけますけども。
母、またみそ汁が飲みたいです。

寝たい（意味深）
休憩したい（意味深）
あんまん食べたい（意味深）
おもてなしの精神（意味深）
カチンコチン（意味深）
肉汁（意味深）
ホットミルク（意味深）
ワンマンプレイ（意味深）
マン・オブ・ザ・マッチ（意味深）
立ち寝（意味深）
茎わかめ（意味深）
俺のこけし（意味深）
俺の恵方巻き（意味深）

俺のウインナー（意味深）
俺のチョコバット（意味深）
俺のちくわマヨネーズ（意味深）
俺のいなり寿司（意味深）
俺の金メダル（意味深）
お前の果実（意味深）
お前の果汁（意味深）
お前のパイ（意味深）
お前の豆大福（意味深）
お前の貝（意味深）
お前のマンゴスチン（意味深）
お前と芋掘り（意味深）
お前と栗拾い（意味深）

＊

登山が趣味の友人からの度々のお誘いが面倒になった僕は「じゃあ今回だけ」という条件付きで渋々了承したんです。登山とか無理なんです、しんどいのが嫌なんです。

ビギナー向けの低い山だと聞かされていたのに実際登ってみると十分に死ねた。これで低いとかどんだけだよ、息が切れて恥ずかしい。いっそ友人との縁も切ってしまおう。

道中何度も休憩を要求していたら「また？　もう、ラブホじゃないんだから（笑）」とツッコまれた。面白くない！　ちっとも面白くない！　そもそもこっちは宿泊派なんだよ！　一旦座ると今度は立ち上がるのが嫌になる。試しに「帰りたい」と言ってみたら「歩いて引き返さなきゃなんないけど大丈夫？　頂上まで行ったらロープウェイで下りれるけど」ときた。よし決めた、絶対コイツと縁を切る。

「女子より時間かかったな（笑）」とバカにされながらもなんとか頂上に。もういいです、もうなんでもいいです。だから早くロープウェイでアレしよ？　早くアレしてビール飲んだりからあげ食べたりしよ？

「おいちょっと、こっち来てみな」すいません今ちょっと動けないです。「なあ早く来いって、終わっちゃうぞ」これ以上何が終わると言うんですかね、僕ならとっくに終わってますけど。

そこには遠く稜線の彼方に日が沈んでいくのが見えた。

「おお…でけえ……」

「ふふふ、な？」

「すげえ……」

「なんか叫んでみたら？　気持ちいいよ？」

「いや別にいいし」

「いいから早く、ロープウェイ終わっちゃって帰れなくなるよ？」

本気で叫んだのっていつ以来だろう、確かに気持ちよかった。友人はゲラゲラ笑ってる。

「おい笑うなよ、お前が叫べって言ったんだろ」

「ごめんごめん、いや、案外ベタなんだなって思って」

「は？　何が？」

友人の話によれば、人はこういうシーンになると大体同じような内容を叫ぶらしい。「アーーーーーー！」とか「ダーーーーーー！」とか「お金欲しいーーーーー！」とか「〇〇死ねーーーーーー！」とか、あとは僕が言った「ビール飲みたいーーーーーー！」とか、そういう類の。

下りのロープウェイで友人に「今後一切山には登らないので絶対に誘ってこないように」的な旨を伝えたら「一緒に登ったあと頂上で叫んだらOKもらいやすいらしいよ、付き合うとかプロポーズとかの」と返ってきた。クソが、登るよ、登ればいいんだろ。叫ぶよ、叫べばいいんだろ。

SAKEBE

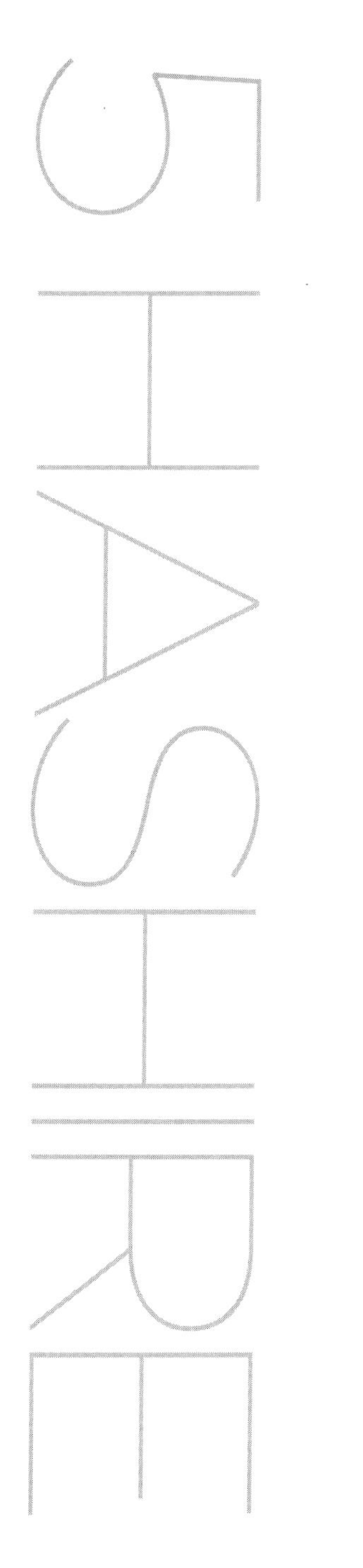
5 HASHIRE

頑張ってる人のこと応援してる。負けないで。いや負けてもいいけど元気が出てきたらまた頑張って。

頑張っている人のことは自然と応援したくなってくるので自分が応援してほしい場合は頑張っている姿を見せればいいというわかりやすい結論が出た。

涙もろい友人にちょっといい話をしたら「いい話だね…（ぐすん）」みたいになっていたのでわかりやすいと思った。好き。

さりげない人のカッコよさを見習いたい。カッコをつけなくてもカッコいい人がカッコよすぎる。

やるときはやる人もカッコいいけど
いつもやる人はもっとカッコいい。
いつもお疲れさま、えらいよ。

いちいち考える時間をもらわないと答えにたどり着けないのでサッと結果を出してしまう人のこと尊敬する。えらい。

次の約束があればまた頑張っていけそうな気がするので
どんどんお願いします。

友人の近況を聞くのが好きな理由の一つに
「自分も頑張ろうと思える」というものがあります。

たまにでいいから誰かと同じ気持ちになってうれしくなったりしたい。

誰かに会いたくなるような空してる。

どこまで話しても平行線な人とやり合っているうちに地平線の彼方まで来てしまっていて、「あれ見て、夕日すごい」「ホントだ」「……」「……」「まあ、そっちの言うこともわからなくはない」「いや、そっちの言うことも」となってわかり合いたい。

「ごめんなさい、何言ってるかわからないと思うけど、とにかく好きってことなんです」と言っている人を見て、そういうのわかるよと思った。何言ってるかわからなくなる感じも含めて、そういうのわかるよと思った。

人の夢や目標に否定から入るやつなんなの。
「叶ったら焼肉おごってね」とか言っとけばいいのに。
いつか焼肉をおごってもらえた上に
「応援してくれてありがと」なんて感謝されるかもしれないのに。

心に余裕がないと人にやさしくできないので、いつもやさしい人はいつも心に余裕があるか、単にそう見せているかのどちらかだと思う。

友だちの友だちだからといって
無理に仲良くする必要は1ミリもないので
僕らは友だちになりたい人とだけ友だちになろう。
そしていつ離れてもいい。

何をしてもらえたらうれしいかより
誰にしてもらえたらうれしいかみたいなとこある。

「今日こんなことがあったよ」みたいなの言える人
最低一人は欲しい。

深夜に急に送信してもすぐ返信があるのとても安心するけど2人とも早く寝た方がいい。

うれしいことがあったときに
勢いだけで連絡してくる人かわいい。
「さっきはごめんね、うれしくてつい」
みたいなのもあるとなおいい。

「デートのときに彼女に花をあげたら
帰りに花瓶を買い帰宅後すぐ生けた画像を送ってきて
めっちゃかわいいって思った」という話がとてもよかった。2人ともいい。

うれしさや楽しさは分かち合う相手がいると増えると聞いています。真っ先に連絡します、よろしくお願いします。

才能がある上に努力まで始めると
人はいいものを生むので
才能がある人は努力を始めればいい。
ここで気がつけてよかったね、
素晴らしい日々の始まりだ。
才能がない上に努力すらしていない人は
こっちにおいで、
ケツを蹴り上げてあげる。
ここで目が覚めてよかったね、
素晴らしい日々の始まりだ。
あと僕のケツも蹴って、
素晴らしい日々の始まりだ。

どこかへ行きたいというか正しくは「ここに居たくない」みたいな気持ちのときある。
「連れ出して」みたいな気持ちのときある。

ハッキリ言われると傷つくけれど
ハッキリ言われないと引きずるから
ハッキリがいい。ハッキリでいい。

「1番好き」的に言われるとうれしいには違いないのだけど、場合によっては「2番とか3番も居るってことだよな……」的なひねくれた発想が出てきてしまうことがあるので、本当に1番好きな人に対しては「大好き」でいいと思う。

前回を超えなきゃならないプレッシャーすごい。
過去の自分が殺しに来るイメージ。毎回相手してると
いつか殺られそうだからときどきは逃げる、全部捨てて逃げる。

打ち合わせの際にすぐ脱線して余計な話までしがちなのだけど、今日の人は「そういうものの中にヒントがあったりするので、どんなお話でも聞かせてください。こういうことに使う時間はいくら使ってもいいと思ってます」と言ってカッコよかった。一緒にいい仕事がしたいと思った。

えらい人なのに腰が低かったりかわいい人なのにみんなにやさしかったりすると一瞬で好きになってしまって本当にすいませんという気持ち。

いつかご一緒してみたい人に「いつかご一緒したいです」と伝えるだけで終わっていつまでもご一緒できないのやめたい。

最近、元々好きだったけどお会いしてもっと好きになるパターンが多くて、こういうの本当にうれしい。

いつも厳しい職場のえらい人がやさしい顔で笑いながら「うん、お前はどこへ行っても大丈夫だ」と言ったのでどこかへ行かされるのかもしれない。ここに居ろと言って、離さないと言って、やさしくキスをして。

同僚女子が「しつこいブサメンがいて無理なんだけど、ここ3日くらい急に連絡がなくて、なんか気になって『死んだ？』って送っちゃって、そしたら『そっちこそ忙しくて死んでない？ 大丈夫？ あんま無理すんなよー』とか返ってきて、彼氏気取りマジ無理と思って、でもなんか…アリかも…？」と言っています。

僕「実は男子より女子の方がエロい説あるけど実際どうなの？」同僚女子「まあそうかもだけど、でも女子のエロさは男子のと違って特定の誰かにだけだよ。あたし彼氏にはめっちゃエロいもん」「すいません具体的にお願いできますか？」「リードしたりとか？」「ありがとうございます」

同僚女子が最近どんどんかわいくなっていくので
なんとなく「彼氏できた？」と訊いてみたら
「逆、別れた」とのことだった。逆もあるんだ、勉強になります。

モテそうな女子が別の子にアドバイスしてるのを聞いてるんだけど「見送られると
きってちゃんと振り返ってる？」「うん振り返ってるよ」「2回振り返ってる？」「どう
かな、1回かも」「2回がいいよ」「そうなの？」「1回目は笑顔でね、2回目は寂しそう
な顔すんの」とのことなので積極的に使っていく。

モデルさん「男は目の前でりんご剥いたら落ちる」

指輪にはあまり興味がないのだけどペアリングには大変興味がありますのでよろしく
お願いします。

モデルさん「週に一回は好きなものを好きなだけ食べます。毎日頑張ってるんだからそのくらいしてもバチ当たらないです。一緒に行ってくれる人がいなくても焼肉とか全然行っちゃいます。おいしいもの食べると元気になれます」

同僚女子が珍しくツインテールにしていたので「イメチェン？」と訊いたら目も合わせず「ジャッキー・チェン」と返してきた。照れてるんだと思う。

寒すぎてこたつを買うことにしたんだけど後輩男子にサイズの意見を求めたら「一人用なら60㎝で十分ですよ、場所も取らないですし。まあ、ウチは彼女が遊びに来るんで75㎝ですけど」と言われて俄然75㎝にしたくなってる。負けたくない。

サイズで負けたときの悲しみを「㎝メンタル」と表すの流行ってほしい。

なんと、チャンスは誰の下にも降ってくるらしい。そうなると、いつ降ってきても掴み取れるよう常に上を向いておかなければならないのだけど、それはとても疲れる。でも、疲れるだなんて理由でチャンスを逃しているのだとしたら、僕はなんてもったいないことをしているのだろう。今こうしている間にも降ってきているかもしれないのに。自分を責めたい、「すぐ疲れたとか言うよね?　なんで?あたしのこと嫌い?」みたいにしてネチネチ責めたい。チャンスはきっとガラスのようなものでできていて、一度掴み損ねたものは粉々に割れてしまい拾い上げることができない。いっそのことチャンスだなんて曖昧なものじゃなくて、札束とかにするのはどうだろう。札束は誰の下にも降ってくる。これはゲスい。でもなんだろう、本当に札束が降ってくるなら上を向いておけるし。て言うか向くし。全力で掴むし。別に、チョコとかケーキとかだっていい。チョコは誰の下にも降ってくる。ケーキは誰の下にも降ってくる。これはかわいい。でもなんだろう、本当にチョコやケーキが降ってくるなら上を向いておけるし。て言うか食うし。紅茶とかもいれるし。チャンスだなんて曖昧なものじゃなく、今自分の一番欲しいものが降ってくるとして、どうしようか。僕は、どんな風にしていようか。

好きな人から「忙しそうだけど大丈夫？　ちゃんとごはん食べてね。ちゃんと寝てね。応援することくらいしかできないけど頑張ってね。でも逃げたくなったら逃げていいんだからね（そのときはできればあたしんちの方角に笑）」とＬＩＮＥが来て自転車立ち漕ぎで行きたい。

「そんなに褒めたって何も出ないよ〜？（すごいうれしそうな顔）」「出てる出てる！　わかりやすく出てる！」みたいなのやりたい。

「夜はまだ冷えるから」と言い後ろからそっとカーディガンをかけてあげる動作で被さりたい。

気になる人とどこかへ遊びに行く予定を立てながら「もう楽しいんですけど！　ねえ！　もう楽しいんですけど！」と思いたい。

まだ帰りたくないときに気軽に寄れる場所2万箇所欲しい。無理なら好きな人の家でもいい。

好きな人から「寝る前にちょっとだけ声聞きたくなったけど実際聞いたらテンション上がっちゃって寝れなくなりそうだし明日にしとく」とLINEが届きたい。

楽しい時間はすぐに過ぎるの全然納得いってない。

気になっている人に「このガリガリ君がもし当たりだったら俺と付き合うってことでいいよな？」と言って無視されたい。

気になっている人から「ねえねえコンビニでおでん見てたら食べたくなってきちゃったんだけど、買ってくから一緒にどう？」と連絡があってほしい。

気になっている人から「ウチでＤＶＤ上映会するけど来る？」と連絡があってほしい。

「今から手巻き寿司パーティーするんだけど来る？」と連絡があってほしい。

「3時間遅れますが必ず行きますので」と連絡があったのだけど来なくていい。

気になっている人とお祭りへ行き射的の出店で
「ね、あれ落とせたら俺と付き合ってよ」
「何それ、別にいいけど。て言うかあんな大きいの落とすの無理じゃない？」
「じゃああっちの小さいのでもいい？」
「別にいいけど。て言うか落とせなくてもあたしはいいけど」
となって始まりたい。

誰かの楽しみになりたい。

人は感情の生き物だから
一喜一憂することを
なかなかやめられないのだけど、
せめてつまらないことで
一喜一憂することがないようにと思う。

つまらなくないことで
一喜一憂していこ。
大切なことで
喜んだり悲しんだり
していこ。

僕が自分史上最もカッコよかった瞬間は「新しいカメラが届いた際に一番最初に母を撮ったとき」です。

好きな人の写真を撮るのはとても楽しいことなのでカメラを持っている人は早く好きな人を見つけてください。

気持ち悪がられることもなくずっと見ていられるので写真は最高。

あの日なんで写真撮ってなかったんだろみたいなのあとからまあまあつらい。

改めて思ったから書いておくけど写真は最高に楽しい。

今が最高だと思えることって本当に最高なことだと思う。

勝手に思い描いていたものと違って勝手にガッカリするのやめたい。

生きるヒント的なものを見たり聞いたりすると「おおお」となるのに答えそのものを見たり聞いたりすると「まあそうなんだけどね」となるので結局自分で解きたいのだと思う。

悔しい思いはしたくないけど、振り返るとその度にちゃんと成長していてえらい。たまにはそういうのも必要。嫌だけど。

自分でもよくわからなくなって自分らしさをわざわざ人に訊いたりするの不自然極まりないけどすごいわかる。

追いかけたら逃げるけど追いついたら逃げないから追いつけ、走れ。

やりたいことがたくさんあって時間が足りない感覚に陥ったりするのある意味贅沢な感じする。

わけもなく悲しくなることがあるけれどわけもなく楽しくなることはあまりないので楽しさは貴重。

「新しい」を「珍しい」程度に思えるなら新しいものを生み出すハードルが下がって楽。

「何か新しいことを始めてみよう」なんて気持ちになれたことがもう既に新しかったりするので、
僕はこのまま、何か本当に新しいことを始めてみようと思う。
ただ、「今までの自分を変える」みたいな
大げさな意気込みは必要はなくって、今までの自分に足すイメージ。
どんどん足していく。始まる。

女子を送っていく最中に「遠回りしていい？」と言われて僕のことが好きなのかなと思ったから好きなのかなと思わせたい人は使ってみればいいと思う。

言い方一つで印象が全然違う的なことがよくあるけど、上手な人って単に言葉のチョイスだけじゃなくて、表情や仕草も含めてのものなんだよな。

言葉、出し手が誰なのかによって意味すら変わるしチャラい。ちゃんとしててくれないと受け手も困る。

今日届いたＬＩＮＥで一番知らんがなと思ったのは「女ってよくリップつけ直してるけど直したあとすぐキスしたら怒るー？」です。

好きになった子の名前が「納期」だったらやだな、一応守るけど。

知り合った頃はお互いの過去のことばかり話していたけど
今は未来のことも話すようになった。
話せるようになった、描けるようになった。

ご褒美があると頑張れるので僕のご褒美になってくれませんか。ご褒美があると頑張れると思うので君のご褒美にならせてくれませんか。

初めて会った日に
「見つけるの大変だったんだからな」と言って始まりたい。

誰からも愛される人を好きになっておきながら自分からの愛以外は受け取ってほしくなかったりするので「矛盾」を辞書で引こう。

君にこれからも
たくさんの出会いがあり、
君の人生が少しでも
豊かなものになれば
いいと思うし、
僕以降は別に
誰とも出会わなくて
いいよとも思う。

理想のタイプの話をするのってやたら楽しくないですか。例えば飲み会みたいな場で異性を交えてするのも楽しいんですけど、同性だけで夢見がちな話に終始するのもめちゃくちゃ楽しいんですよね。

あるとき男子たちでそんな話をしてたんです。で、僕、一人が挙げたタイプの人のことを「あー、俺その子あんまりだわ」的に言ったんですね。別に悪気とかはなくて、単に見た目の好みの問題だったんですけど。そしたら相手がムキになって「いやいや、そんなこと言うけどさ、いざ○○(タイプの人の名前)が隣に来てみ? お前絶対○○のこと好きになると思うよ?」的に返してきたんですよ。

いやいや、日頃「仏の蒼井」とか言われるくらいに温厚な僕も、これには思わず下半身を露骨に放り出してキレそうになりましたよね。だって、そらそうでしょうが。いいですか、好みはあるにせよある程度かわいい女子が隣に来たら男子的にはまずその時点で一回好きになるでしょうが。男子からは絶対に嗅ぐことのできない種類のいい匂いがこちらの主に鼻周りをふわっと包み込んでくるでしょうが。そよ風になびくツヤツヤでサラサラの髪に触れたくなる衝動を抑えることができないでしょうが。ひらひらと揺れるスカートの中には我々男子たちの夢と希望ともしかしたら愛や平和までもが詰まっているでしょうが。あれ？ なんで雪が積もってんの？ と思ってびっくりしたらお前だったわー、とか言いたくなるくらいの透き通るような肌でしょうが。約束させてくれないか、俺は今後お前に箸より重い物を決して持たせはしないと、とか誓いを立てたくなるくらいの華奢な手や指でしょうが。抱きしめたら本当に壊れてしまいそうなのでやさしめにいったら「もっとぎゅってして」とか言うもんだから強めにいってみたら今度は「ぐるじい」とか言うもんだから「ごめんな？・」みたいになってまたやさしめにいくでしょうが。うっかり泣かせてしまったら長いまつ毛に涙が佇んで（そう、それはまるで宝石のように）、ああ、女って弱いんだな、守ってやらないとな、とか思うでしょうが。隣に来たら好きになるでしょうが。ずっと隣にいてくれたらずっと好きで居続けるでしょうが。

それまでチャラめだったやつが真剣に好きな人ができたことを機にどんどん真面目になっていったりずんずんまっすぐになっていったりするのかわいいしカッコいいしいいぞもっとやれって思う。

人を蹴落とすのって汚いイメージがあるけど
実際に蹴落とそうと思ったら結構な脚力が要りそう。
まあそういう話じゃないんだけど。
と言うかそんな脚力があるんだったら
下なんか見てないで自分がガンガン登っていけよ。
まあそういう話じゃないんだけど。

「次は頑張る」や「明日からちゃんとする」みたいなものを一つひとつ本当にそうしていけたらもうそれだけでよさそう。それだけで本当によくなっていけそう。

例えば何かの好みを訊かれたとき、そんなわけないとはわかっていても「君が好きなものは全部好きだよ」みたいに言いきってしまうの意外と好き。

大して自信もないくせに負けん気だけはいっちょ前に強いもんだから悔しいときはとことん悔しくて自分で自分をやめたくなる。

自分のことに対して質問してきてくれる人って「興味持ってくれてるのかな？」と思えてこっちも興味持ったりするから質問攻撃はアリ。

愛情表現が苦手だった人が付き合いの過程で
自分を出せるようになっていくの単純にすごいなって思う。
そもそもまず相手の人がすごい。
どうやって心を開いたんだろう。なんて言って開いていったんだろう。

作品をその道のプロに褒められて格別にうれしかったので、人に何かを見せるときは自分が思うセンスのよさげな人から順にがいいのかもしれないと思った。褒められるとそのまま自信になるし、ダメでも勉強になる。勉強だと思える。

なんでもない日々が実は最高だったのだと知るのは大体がもっとずっとあとからだったりするので感じる力が足りないのだと思う。

彼氏ができた友人女子が「これが最後の恋になりそう」と真面目に語っていたので「結婚式には呼んでね」なんて返したのだけど、しばらく経ってその後の様子を訊いてみたら「ああ、あれはもう終わって今は次の人にいってるよ」ときた。「最後の恋って言ってたのに」と言ったら「最後の恋シーズン2ってことで」ときた。海外ドラマかよ、これはまだ続くぞ。

自分の嫌いなところを挙げ出したら
キリがないくらいに挙げられるから、
僕は人として自分のことが
嫌いなのかもしれない。
自分ですら自分を好きでいて
あげられないだなんて寂しいな。
救いがあるとすれば、挙げた分だけ
自分のことを好きになれる
チャンスがあるってことだけど。

モデルさんを褒めたら
「カメラマンさんやフォトショップのおかげです」と言うので
かわいい人だなあと思った。謙虚な人が好き。

謙虚な人が大好き。
そう見せているだけだとしても全然いいです。大好き。

電車で前に座ってる紳士がケーキの箱を大事そうに持っててかわいいんだけど、膝の上に置くと熱がアレするからか若干浮かせて両手で持っててさらにかわいい。抱きしめます。

アーティストな人と付き合ったけどすぐに別れた人が「付き合ってわかったけど、その人の作品が好きだっただけで、その人自身のことはそれほど好きじゃなかった」と言ってたの妙によかった。「作品はこれからもたぶん好き」とも言ってた。なんかわかる。

人のことを変えるのは
難しいことだけど

自分のことを変えるのは
自分次第で
なんとでもなりそうな気もするので

もう僕は僕次第で
なんとでもなれるということにしよう。

君は君次第で
なんとでもなれるということにしよう。

僕らは僕ら次第で
なんとでもなれるということにしよう。

最終的に結果を出すのは自分だとしても勝負できる場を与えてくれた人への感謝を忘れてはならない。

愚痴や弱音を吐くことが嫌なんじゃなくて愚痴や弱音を吐くことでナメられるようになるのが嫌。

人の上に立つ気なんてないけど下に見られるのは腹が立つので頑張ります。

頑張れるんだったら理由なんてなんでもいい。

(目が覚めたときに好きな子が隣でスヤスヤと眠っているという感動を味わうまでは)死ぬな。

*

人が走る姿って感動する。アスリートのそれなんかもう文句なしにカッコよくて、行けっ！　行けっ!!って思う。インタビュアーになって「なんのため走るのですか？」とか訊いてみたい。「仕事ですから」なんて言うのかな、それだけで僕は鳥肌が立ちそう。

別にアスリートじゃなくたっていい。街中で走ってる人にも訊けたらなあ。

「さっき走ってた理由ですか？　大切な人が旅立つことになって、それを見送るために空港へ向かってたんです。ちゃんと見送ることができてよかったです。でも大変でしたよ、最後の場面でなんて言えばいいのかわからなくなって。ほら、『さよなら』だとこれが最後みたいになっちゃうじゃないですか。でも『ありがとう』はなんか照れくさくて。だから『いつでも帰ってこい』にしたんです。もう二度と会えなくても、ずっとそう思ってますから」みたいな話だったら泣く、聞いてる途中でまずこっちが泣く。

笑える話も欲しい。

「さっき走ってた理由ですか？　あたしお寿司が大好きなんですけど、急に今すぐ食べたくなっちゃって。でも時間を見たら閉店間際じゃないですか、気がついたら髪を振り乱して走ってましたよね。あーあ、出かける前の自分に言ってあげたいですよ。『アンタ今日めっちゃ走ることになるからヒール禁止ね』って。好きなネタですか？　そうですね、炙りサーモンとかですかね。あと納豆軍艦」みたいな話でじわじわきたい。

昔の自分にも訊いてみたい。

「さっき走ってた理由ですか？　僕、自分に自信がないんですよ。そのくせ人と比べがちで、一人で勝手に落ち込んで。自分を責めて、卑屈になって、そして人のことまで責めて。もう全部が嫌になって、こんな世界から逃げ出したくて、気がついたら走ってたんです。笑いますよね、そんなことしたってどこかへ行けるわけでもないのに。でも、気持ちいいって思えたんです。息が切れてきて、脚が重くなってきて、汗が流れてきて、涙も流れてきて。自分でもよくわからないんですけど、気持ちいいって思えたんですよね。あの、間に合いますよね？　走ればまだ間に合いますよね？　僕、もうちょっとやってみようかなって思うんです」みたいに言うと思うから、間に合うよって返してあげたい。走れって言ってあげたい。

H A S H I R E

大丈夫、

大丈夫だよ。

おわりに

あるとき軽い気持ちで自分のことが嫌いだと言ったら先輩男子が「じゃあ自分の顔にうんこでも塗りつけて外歩いてこいよ。自分の嫌いなやつがみんなからも嫌われたらお前も気持ちいいだろ？」と真顔で言ってきた。いや先輩、なんでかわいい後輩にうんこ顔塗り外歩きなんか勧めるんですか。僕だって自分が嫌われるのは嫌ですよ。て言うかなんだようんこ顔塗り外歩きって。

先輩もどうかしていたと思うのだけど自分もきっとどうかしていた。軽い気持ちとは言え自分で自分を嫌いだなんて自分がかわいそうだ。あと親が聞いたら泣く。子が親を泣かしていいのはうれしいときだけだよ。いやこれはマジだから。

どれくらいマジかというと、

「俺、お前が付き合ってくれるまでぜってーこっから動かねーから！（車道の真ん中で）」

「ちょっと何やってんの！　危ないからやめて！」

「うるせー！　付き合ってくれるまで動かねーって言ってんだろ！」

「ああ！　信号変わったから！　車来ちゃうからもうやめてってば！」

「ぜってー動かねー！　お前がうんと言うまでぜってー動かねー！」

「わかったから！　あたし付き合うから！　だからもうホントにやめて！」

「……さっきはごめんな、あんなやり方卑怯だよな。でもどうしても俺の気持ちをわかってほしくてさ」

「もう、心配するから危ないことするのやめて。あんなことしなくても付き合ったのに」

「えっ」

「だってあたしも好きだもん」

「マジ？／／／」

「うん、マジだよ／／／」

　みたいになるくらいマジだから（本当に危ないのでぜってーマネしないでください）。

顔にうんこを塗れと言われるもっとずっと昔、僕は本当に自分のことが嫌いだった。弱さは繊細さなのだと言い訳してきた。ズルさは賢さなのだと言い訳してきた。要領のよさと汚さは違う。汚さにまみれて逃げてきた。現実と向き合うことが怖かった。そんな自分と向き合うことが怖くてたまらなかった。自分を嫌うことに慣れていく一方でいつもしっかり軽蔑していた。僕は自分が嫌いだった。

人は自分をやめることができない。自分であるという選択肢以外になく、一生自分であり続けなければならない。たとえどれだけ最低な日々を送ろうとも、この人生から自分を外すことはできない。もしもSNSのようなフォロー解除ボタンがあれば衝動に駆られて押したかもしれない。幸か不幸かそんなものはないが。

人は変わることができるらしい。自分をやめることはできないが自分を変えることはできるのだという。にわかには信じがたい。しかしこれが本当のことだとすればなんという朗報なのだろう。自分のことを好きになりたい。まるで恋愛のように自分を思い、自分は自分でよかったのだと噛みしめたい。自分はかけがえのない大切な存在なのだと心の底から思いたい。人は変わることができるらしい。

そうか、それなら——懸けてみよう。

この本には僕や僕の周りで起こった悲喜こもごもたくさんのエピソードを収録した。切なくもおかしい愛すべきこれらの中に皆さんの心を揺さぶるものがあればと願う。タイトルでもある『NAKUNA』を第1章としたのはこの本が始まりの本であるところによる。さあ涙を拭いて、話はそのあとだ。ここからもう一度始めよう、君の物語はそのあとだ。

蒼井ブルー

S T A F F

［撮影］
蒼井ブルー

［モデル］
松岡茉優

［スタイリスト］
池田未来

［ヘアメイク］
宮本愛

［ブックデザイン］
アルビレオ

衣 装 協 力

KATTYXIOMARA (Sian PR)
Sian PR
tel:03-6662-5525

〔著者紹介〕

蒼井ブルー（あおいぶるー）
　大阪府出身、フォトグラファー。独特のタッチで綴られるTwitterはフォロワー数15万人超。抜粋ツイートにエッセイと女優・小松菜奈の撮り下ろし写真を加えて刊行した著書『僕の隣で勝手に幸せになってください』（KADOKAWA）がベストセラーに。

NAKUNA　（検印省略）

2016年2月24日　第1刷発行
2016年3月24日　第2刷発行

著　者　蒼井ブルー（あおいぶるー）
発行者　川金　正法

発　行　株式会社KADOKAWA
〒102-8177　東京都千代田区富士見2-13-3
0570-002-301（カスタマーサポート・ナビダイヤル）
受付時間 9:00〜17:00（土日 祝日 年末年始を除く）
http://www.kadokawa.co.jp/

落丁・乱丁本はご面倒でも、下記KADOKAWA読者係にお送りください。

送料は小社負担でお取り替えいたします。

古書店で購入したものについては、お取り替えできません。

電話049-259-1100（9：00〜17：00／土日、祝日、年末年始を除く）

〒354-0041　埼玉県入間郡三芳町藤久保550-1

印刷・製本／大日本印刷

ISBN978-4-04-601429-0　C0076